U0024506

風雲時代

風雲時代

帝王決

六

千鈞一髮

水鵬程◎著

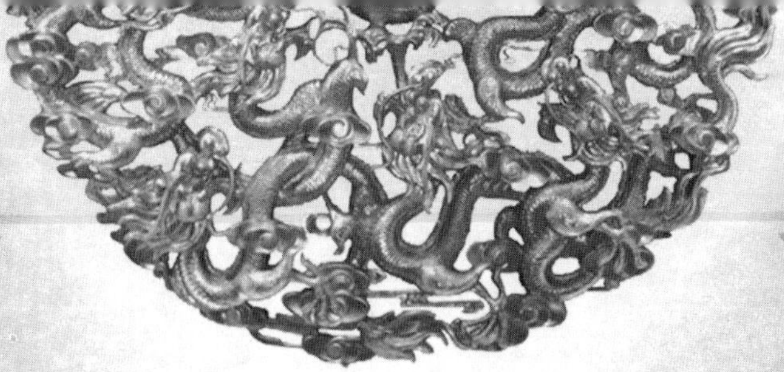

目錄 CONTENTS

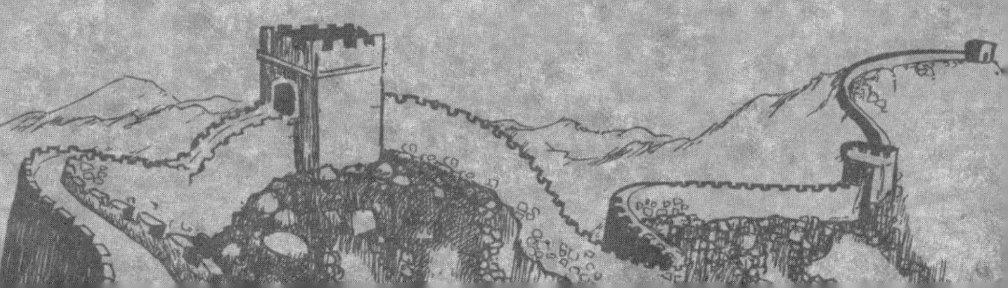

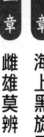

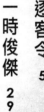

第一章

逐客令

「登門是客，既然漢王拜訪我，就是我的客人；
本來我不該趕客人走的，只是漢王是漢國的國主，
做出不少有損我們晉朝威嚴的事，
加上現在兩國關係緊張，就更不宜與漢王有任何瓜葛。」
謝安發出逐客令道。

東方露出了魚肚白，太陽緩緩升起，當第一縷金色的陽光照射到建康城中時，經過雨水一夜的洗滌，被沖刷乾淨的地面上反射出許多光芒。

不一會兒，原本還十分幽靜的建康城變得熱鬧起來，商販們紛紛在街道兩邊擺起攤子，開始了新的一天。

烏衣巷中，從金府裏走出三個人，金勇、唐一明、孫虎衣冠端正，穿著新衣，完全融在建康城裏。

三人一起朝著巷子深處走去，不時就會遇上一些身穿官服的人，一陣寒暄後，眾人就各走各的路，誰也不願意多說一句話。

「先生，巷子深處有三座大宅，一處是王家，一處是謝家，還有一處是桓家，三家都是朝中權貴，只是當今桓溫強勢，勢力如日中天，自殷浩北伐失敗後，桓溫落井下石，使得司馬昱一派勢力稍微變弱，而王家和謝家也都暫時依附在桓家勢力下，以至於桓溫成為最大的權臣。先生要想和晉朝和睦，必須要去拜訪桓溫，不過，要見桓溫，必須先見王家和謝家的人。王家以我師弟王羲之為代表，謝家則以謝尚、謝安為代表，只是謝尚駐守壽春，不在建康，先生一會兒拜訪完王家，便可以順便到謝家拜訪一下謝安，至於其他的門閥，倒是不必去拜會了，一切交給屬下進行疏通就是了。」金勇小聲說道。

唐一明聽完，覺得晉朝確實比北方要複雜許多，而金勇能將這些關係脈絡摸得一清二楚，說明他在建康的確做足了功課。

他滿意地點點頭，說道：「嗯，就按照你的意思，先去王家，正好我也想見見王羲之！」

琅琊王氏一直都是東晉的大氏族，從東晉開始，民間便流傳著「王與馬共天下」的傳言，其實，這不是空穴來風。東晉能夠在建康建立，王家的第一代表人物王導，歷仕晉元帝、晉明帝和晉成帝三代，是東晉政權的奠基者之一，有著不可磨滅的功勞。與王導同時代的，還有一個王敦。

不過王敦可不像王導那樣老實，他手握重兵，震懾江南六州，是個十足的權臣，後來反叛晉朝，帶兵攻入建康，要不是他病死了，恐怕晉朝的皇帝也就要改姓了。

晉朝雖然安然無恙，不過王家的勢力一直沒有驅散，只是稍微減弱了一些，而且權臣的伊始，也是王敦。

自王導、王敦之後，王家便一直蟄伏在朝中，士族名聲依然很旺，所以沒有衰敗，到了王羲之這一代，成為王家人物裏的傑出代表，因為官拜右將軍，所以人人稱他為王右軍。

在巷子裏行不多時，金勇便帶著唐一明到了一家府宅門前，匾額上寫著「右將軍府」四個大字。

「先生，這裏便是王羲之的府宅了。」金勇指著這座右將軍府，緩緩說道。

唐一明見府門緊閉，便道：「孫虎，敲門去！」

金勇一把拉住了孫虎，笑道：「先生，要進府宅可不是簡單地敲門就行的，一切都讓我來吧。」

話說完，便徑直走到府門前，抬起手，重重地在門上敲了三下，然後大聲喊道：「有間客棧東家金勇，求見王右軍！」

兩扇大門中間開了一個小窗，一個年約四十多歲的人見到金勇，便道：「金先生，怎麼又是你啊？你的消息可真靈通，右將軍昨天剛從會稽回來，你今天一早就來了。」

「呵呵，湊巧而已。這是我的拜帖，還希望老哥專呈右將軍！」金勇掏出拜帖的同時，也順便塞給了那人一點銀子。

那人笑道：「先生，你在此稍等，我這就去將拜帖呈給右將軍！」

小窗又給關上了，從大門裏傳來一陣急促的腳步聲，想來是那人跑去通報王羲之了。

金勇退了回來，站在唐一明的身邊，說道：「先生，這裏的規矩多，敲門要上拜帖，遞銀子，否則別人才懶得通報呢。」

「呵呵，我本以為王羲之是個清高之人，沒想到也會有這樣的看門人。」唐一明不屑地說道。

金勇解釋道：「那倒不是，王羲之是王羲之，看門人是看門人，整個烏衣巷的看門人都是這樣，這些看門人已經形成了一個不成文的規則，送拜帖不給錢的，根本懶得理，就算接了，也是隨手一扔，根本不會通報。」

「污濁之氣，古來有之，大貪貪大財，小貪貪小財，錢財能使鬼推磨，也一定能夠使磨推鬼，這就是人性啊！」唐一明搖搖頭道。

等了許久，右將軍府的大門終於打開了，那個看門的人便屁顛屁顛地跑了出來，低頭哈腰的向金勇深深地鞠了一躬，說道：「先生，右將軍在大廳等您，請先生進去吧！」

進了右將軍府，在金勇的帶領下，唐一明和孫虎到了大廳。

大廳裏站著一位年紀約在五十歲的老者，身體健碩，精神飽滿，兩鬢垂肩，鬍鬚過胸，面色和潤，穿著一襲藍色長衫，雙手背在後面，確實有一種大家儒者風範。

金勇踏進大廳，便拱手拜道：「金勇拜見右將軍！」

這老者便是有「書聖」之稱的王羲之，但見他略微地點了點頭，淡淡說道：「師兄不必多禮，我們都是自家人，何須客套？」

唐一明和孫虎看著王羲之，都覺得他儀表不凡，有種超凡脫俗的感覺。

王羲之目光轉動，看見金勇身後的唐一明和孫虎，嘴角揚起一絲笑容，拱手道：「原來有貴客來了，逸少未能遠迎，還請貴客勿怪！」

孫虎禮貌地拱了拱手，沒有說話。

唐一明打量著眼前的王羲之，覺得有點不可思議，本以為王羲之應該比金勇小上七八歲，哪知道王羲之竟然比金勇大了好多歲，已經是漸入老年的人了，而金勇才三十幾歲，竟是王羲之的師兄?!據他所知，王羲之少年時是跟隨衛夫人學習書法，應該是在十三四歲就開始學了，那時金勇也還沒有出生，又何來的師兄之說？

但是，疑問歸疑問，面對王羲之的客套，他還是有禮貌地回了一禮，恭敬地道：「久聞將軍大名，今日一見，果然名不虛傳。」

王羲之見唐一明很是客氣，便問道：「金師兄，這位是？」

「哦，這位是唐……唐亮先生，是我的好友，因為仰慕將軍大名，特來一見。」

金勇不敢直說唐一明的姓名，因為唐一明這三個字，在晉朝還頗有點名氣，甚至能蓋過一些士族子弟。

王羲之道：「原來是唐先生，失敬失敬！」

唐一明忍不住問道：「將軍頗有一番仙風道骨的味道，只是唐某十分好奇，將軍的年紀明明比金兄的年紀大，何以反稱金兄為師兄？」

王羲之捋了捋垂在胸前的鬍子，笑道：「唐先生有所不知，逸少年輕時從衛夫人學習書法，卻非第一個入門弟子，因為衛夫人與金師兄的父親是好友，曾揚言說，如果金世叔有了兒子，便做她的第一個徒弟，因而雖然當時師兄還沒有出生，卻早已成了衛夫人的大弟子，先入門者為大，我也就自然而然地稱呼他一聲師兄了。」

唐一明聽了，呵呵笑道：「原來還有這樣一則奇聞逸事，真是有趣至極。」

王羲之目光炯炯有神，眼神中透著一股犀利，觀看唐一明的一言一行以及剛才金勇介紹時說話的表情，便大膽地猜測道：「唐先生儀表不凡，雖然穿著文人長袍，卻掩蓋不住身上的氣質，威武又有威嚴，莫非唐先生就是大名鼎鼎的漢王唐一明嗎？」

唐一明聽了大吃一驚，萬萬沒有想到王羲之的眼神會如此犀利，一下便識破自己的身分。

他面色淡定，掩飾道：「將軍說笑了，在下唐亮並非是漢王，也談不上大名鼎鼎，只是個無名之輩罷了。」

王羲之搖搖頭說：「先生既然來到逸少的府中，就不必拘謹，更不用擔心，逸少與金師兄同出一門，是絕對不會加害先生的。亮者，光明也，而先生姓唐，又只有一個單名，放在一起，便是『唐一明』三個字，和大名鼎鼎的漢王同名同姓。」

唐一明不得不佩服王羲之的才學，有如此眼力的人，也絕對不是泛泛之輩，還好王羲之只鍾情於書法，醉心於湖光山色，若是從政，必然是個如同謝安一樣的人物。

他爽朗地笑了起來，拱手道：「右將軍好眼力，既然右將軍已經看出來了，那唐某也不再隱瞞什麼了；唐某的確便是唐一明，也就是漢王。」

王羲之哈哈笑道：「果然不假。」

唐一明道：「只是我很好奇，將軍是如何得知的？」

王羲之道：「金師兄是我的師兄，去年曾經作為漢王的使者到此，可今年卻獨自來到建康，如今又帶一個相貌不凡而又極具威嚴的人來，所以逸少就大膽地猜測了一下。」

唐一明對王羲之的洞悉力實在佩服，應該說，金勇的到來，王義之是早就知情，也早就知道金勇潛伏於此，可是王羲之卻沒有揭穿，更沒有去舉報，足見王羲之對金勇並無敵意，對漢國也沒有敵意。不過，王羲之身為晉臣，如此做法，卻讓唐一明感到迷惑。

「將軍既然知道我是唐一明，現在漢國和晉朝尚處在敵對狀態，如果將軍將我拿去問官，不僅能換來不少榮華富貴，還會換來將軍的忠君為國，何樂而不為呢？」唐一明試探地問。

王羲之呵呵笑道：「漢王把我王羲之當成什麼人了？漢王率領冉魏之民，在泰山一帶抵抗胡人，此事早已傳開，雖然漢王之前接受了燕國的封賞，並且和燕國的郡主成婚，可是現在漢王不是又回頭攻打了燕國的青州和徐州嗎？這也就足以說明漢王和我們晉朝是一樣的。大凡有識之士，又有幾個人不為漢王的舉動所佩服呢？上到朝中大臣，下到黎明百姓，沒有一個不在私下議論漢王的，都說漢王是個頂天立地的大英雄。」

唐一明很是訝異，沒想到自己在晉朝百姓和士族的心中會有如此高的地位，竟然連王羲之這樣的人物都對他佩服不已，證明了他之前所做的一切都是正確的。

「將軍言重了，在下不過是盡力而為，英雄不敢當，如果沒有手下那些出生入死的兄弟，我也不會當上今天的漢王，這一切都應該歸功於他們，他們才是真正的英雄。將軍雖然這樣想我們漢國，只怕當今的皇帝不這樣想吧？我來的目的其實很簡單，就是希望能夠恢復晉朝和我們漢國的和睦關係，只恨沒有門路而已。」唐一明自謙道。

王羲之笑道：「漢王不必煩惱，區區一條門路而已，當今晉朝，天子形同虛設，真正的大權卻在朝臣手中握著，如果漢王真的想和晉朝和睦相處，不妨去找找桓大司馬。我想，桓大司馬也會很樂意見一見傳說中的漢王的。」

「桓大司馬？是桓溫嗎？」唐一明問。

王羲之點點頭，感嘆道：「平滅成漢，鎮守荊襄、巴蜀，捨他其誰！」

唐一明知道桓溫是東晉有史以來最大的權臣，手下更是謀士、名將數不勝數，就連王羲之、謝安這樣的人物，都曾在桓溫的手下當過幕僚，晚年更曾經想廢帝自立，可惜桓溫的命不夠長，沒能當上皇帝，不然晉朝的司馬氏就要改姓桓了。

「如能得到將軍引薦，唐某感激不盡。」唐一明拱手說道。

王羲之道：「那也不難，正好明日桓大司馬邀請我去赴宴，漢王不妨跟我一同前去。」

「那就多謝王將軍了。」唐一明虔誠地向王羲之拜了拜。

王羲之趕忙回道：「漢王如此大禮，逸少受之有愧。今日貴客臨門，逸少準備了薄酒小菜款待漢王，還請漢王不要推卻。」

唐一明也不客氣，爽快地道：「既然如此，那就叨擾了！」

王羲之笑道：「今日能有幸得見漢王，也是逸少的福分，請漢王移駕吧。」

唐一明、金勇、孫虎在王羲之的府中待了大半天，直到酒足飯飽後才離開右將軍府，並且相約明日一早一起到桓府。

唐一明問：「金勇，王羲之一直都是如此嗎？」

金勇自然知道唐一明所問之意，便答道：「不錯，他無心於政要，也無心於仕途，他做這個右將軍也只是掛名而已，是桓溫看他名氣太大，籠絡他的手段而已，但是王羲之似乎並不領情，只縱情山水之間。對了，今年三月，他還在會稽山上邀請知名文人齊聚蘭亭，大家以文會友，彼此暢談了好幾天呢。」

「呵呵，這個我知道，他還寫下了一個『蘭亭集序』對嗎？」唐一明笑道。

金勇吃驚地道：「先生，你怎麼知道？」

唐一明笑道：「我還知道參加這次集會的人有謝安、孫綽，對嗎？」

金勇驚訝地看著唐一明，喃喃說道：「先生真乃神人啊，竟能知曉這些事，實在不可思議！現在天色還早，我們不妨去前面見見謝家的人吧？」

「好啊，我也想見見謝安。關中良相有王猛，天下蒼生望謝安，我已經有王猛，如果再有謝安的話，那我們漢國何愁大業不定呢！」唐一明道。

金勇、孫虎聽了面面相覷，似懂非懂，但是他們都能夠聽得出來，唐一明對王猛和謝安極為推崇。

「先生，請跟我來，謝家就在前面不遠。」金勇帶路道。

三人向巷子深處走去，經過三五家大院，然後在一處庭院前停下，金勇指著那處庭院說道：「先生，這裏就是謝安的家了。」

唐一明的心情不禁有些激動，雖然他不一定能夠得到謝安，卻也希望在第一次會面時，能給他留下深刻的印象。

他深呼吸了一下，對金勇說道：「去送拜帖吧！」

「先生，直接報上漢王名號嗎？」

「嗯，謝安和王羲之差不多，都是飽學之士，必然能窺破其中奧秘。」

謝府的大門是敞開的，門邊並沒有人把守，金勇走到門前，大聲朝裏面叫道：「有人嗎？」

便見一扇大門晃動了一下，一個身穿灰色長袍，頭戴綸巾的人從大門後面走了出來，伸了個懶腰，問道：「有什麼事嗎？」

金勇掏出拜帖，順便帶上一點銀子，欠身說道：「煩請兄台進去通報一聲，就說……就說漢王唐一明登門拜訪！」

灰袍漢子聽到了，臉上現出詫異神色，定了定神，目光上下打量金勇一番，問道：「你是漢王？」

金勇搖搖頭，閃開身子，指著唐一明，對灰袍漢子說道：

「不，這位才是漢王。」

灰袍漢子整理了一下衣衫，恭敬地向唐一明拜了拜，朗聲道：

「貴客臨門，有失遠迎，漢王請裏面說話！」

唐一明看灰袍漢子三十出頭，雖然穿著十分樸素，但是相貌端正，舉手投足間彬彬有禮，心中暗道：「真沒想到，謝府居然連看門之人也如此有禮數。」

「有勞仁兄了！」唐一明拱手道。

灰袍漢子身子微微一閃，伸出手，欠身說道：「貴客請進！」

唐一明「嗯」了聲，便大步向前走去，隨著灰袍漢子進了謝府大廳。

一進謝府，唐一明便感到有點不一樣，無論是府中的佈置還是裝修，謝府都顯得很是簡陋，除了幾把椅子和桌案之外別無他物，牆上也沒有掛什麼字畫，似乎和這座處處都是豪宅的烏衣巷有點格格不入。

「這裏就是謝府？」

唐一明看了之後，不禁在心中打了個問號。

灰袍漢子拱手說道：「三位貴客請在此稍歇，小的去叫老爺出來，桌上有茶水，三位貴客請自便！」說完，灰袍漢子也不等眾人有所回應，便轉入後堂。

「先生，這裏好簡陋啊，沒想到謝安的家裏會這麼窮。」孫虎看了一圈之後，不可思議地說道。

金勇解釋道：「小虎，你不懂，我聽說謝安崇尚節儉，就連府中的佣人也是少之又少，因為他曾經在東山隱居，所以習慣了獨自一人居住。」

「嗯，沒錯，謝安字安石，號東山居士，他住這樣的屋子，也說明了他將這裏當成了隱居的東山，只可惜，烏衣巷並非東山，就算他能保持家中猶如東山，卻不能保證烏衣巷成為東山，一番眾人皆醉我獨醒的姿態固然好，卻也會連累他啊。」唐一明不禁感慨道。

「啪！啪！啪！」

後堂突然傳出拍手的聲音，隨即有人大聲道：「好好好！漢王一席話竟是洞穿了謝某的心思。」

這聲音洪亮無比，鏗鏘有力，令唐一明、金勇、孫虎三人大吃一驚的是，此人音色竟和剛才那個看門人一模一樣。

三人帶著疑惑，只見一個身穿青衿，腰繫玉帶，頭髮高高紮起成流雲式之人出現，謝安居然就是剛才那個引路的看門人。

「在下謝安，拜見漢王！」謝安見唐一明等人愣在那裏，欠身說道。

唐一明緩過神來，急忙道：「先生大名如雷貫耳，今日一見，果然是一表人才，剛才未能認出先生，還請恕唐某眼拙。」

謝安呵呵笑道：「漢王過獎了，謝安只不過是個山野村夫，有什麼大名不大名的，與漢王的名氣比起來，猶如明月比烈日，不可相比也。」

唐一明不禁細細打量起謝安來。謝安有著一張沒有半點瑕疵的英俊臉龐，濃中見清的雙眉下，嵌有一對像寶石般閃亮生輝、神采飛揚的眼睛，寬廣的額頭顯示出超越常人的智慧，沉靜中隱隱帶著一股能打動任何人的憂鬱表情，但又使人感到難以捉摸。

他聽謝安的口音帶著洛陽一帶的話音，也覺得頗為稱奇，便拜道：「與先生比起來，唐某才是那皓月，而先生是驕陽，不然剛才進門的時候，唐某也不會被先生身上的光芒蒙蔽了雙眼，從而看不清先生的真面目來，實在是愧之又甚。」

謝安笑道：「客套的話誰都會說，山野村夫就是山野村夫，哪怕是如今在朝中為官，住在這烏衣巷裏，還是很難改變舊習。客套的話就到此為止吧，不然的話，說上三天三夜也說不完的。寒舍簡陋，沒有什麼招待漢王的，還請漢王見諒。」

「無妨，唐某在泰山上時，比這要簡陋許多倍，也是苦中作樂。先生，漢國和晉朝並不友善，不知道唐某親自造訪先生，會不會給先生帶來什麼麻煩？」唐一明擔憂地問道。

謝安絲毫不以為意地道：「這裏不過是三間草堂，謝安在朝中也只是微末小官，若非得到家族庇佑，也不會住進這烏衣巷來，漢王儘管放心，漢王到此絕對不會給我惹來麻煩，因為從來沒有人會去關注一個山野村夫啊。漢王，請坐！」

「呵呵，那在下就恭敬不如從命了。」唐一明道。

幾人各自坐下，謝安便開門見山地說道：「漢王冒險到建康來，想必有重要之事，不知漢王可否告知一二？」

唐一明本就沒有打算隱瞞謝安，更希望謝安能從中幫忙，因為以謝安在晉朝的名聲，再加上王羲之相助，要想和晉朝和睦不難，因而見謝安開門見山的問了，便也不隱晦，當即說道：

「不瞞先生，唐某是為了兩國和平而來。」

「哦，我聽說漢王已經攻取燕國的青州和徐州以及部分的兗州，這消息可否屬實？」

「確實屬實，這消息恐怕已經傳遍天下，不是什麼秘密了。」

「我聽說漢王之前曾娶燕國郡主，並且投降燕國，此事是否屬實？」謝安又問道。

唐一明點點頭。

「我還聽說，漢王曾經幾度向燕國供應大批武器裝備，去年更是將傳國玉璽作為交換，和燕國換取了大批糧食，並將晉朝的將領送給燕國？」

謝安的語氣一句比一句嚴厲，似有責備唐一明的意思。

唐一明沉默不語。

謝安目光中閃過一絲光芒，大廳裏，本來融洽的氣氛，因為謝安的質問變得十分緊張。金勇、孫虎雙手緊握看著唐一明，期待他有所回應。

突然，唐一明哈哈笑了起來。

「漢王笑什麼？難道我有什麼可笑的地方嗎？」謝安費解地問道。

唐一明止住了笑，嘴角輕輕揚起一抹笑容，淡淡說道：「先生問的都是些很犀利的問題，讓我回答也不是，不回答也不是，然而出於禮貌，唐某也不能不回答，只好以笑代替。」

「難道漢王不打算為所做之事辯解一番嗎？哪怕是句無關痛癢的話也不會說嗎？」謝安問道。

唐一明坦蕩地道：「先生所說，皆是不爭的事實，我又何須作出辯解？」

「登門是客，既然漢王拜訪我，就是我的客人；本來我不該趕客人走的，只是漢王是漢國的國主，做出不少有損我們晉朝威嚴的事，我不能夠再和漢王談下去了，加上現在兩國關係緊張，就更不宜與漢王有任何瓜葛。不過，漢王儘管放心，出了寒舍的門，我可以當什麼事都沒有發生過，漢王的身分我也不會洩露出去。至於漢王所說的和平問題，這不是我這個小官能處理的，還請漢王去找桓大司馬。桓大司馬明日舉行大宴，宴請的皆是晉朝名流，更是朝中顯赫政要，漢王不妨去桓大司馬那裏看看。漢王既然能找到寒舍，桓大司馬的府邸那麼有名氣，也一定不難找。」謝安義正詞嚴地發出逐客令道。

「先生這是要趕人嗎？」金勇錯愕地問。

謝安道：「我的話已經說得很明白了，無須再多講，三位貴客請便吧！」

話音落下，謝安便徑直轉入後堂，頭也不回。

孫虎一屁股從椅子上站了起來，氣沖沖地準備朝後堂跑去。

「孫虎，少安毋躁！」唐一明阻止道。

孫虎不服氣地說道：「大王，他算個什麼鳥東西？我最看不慣這種人了，我去殺了他，一了百了，省得以後暴露大王的身分！」

唐一明阻止道：「不許去，既然主人已經下了逐客令，我們還是離開為妙。」便一把拉住孫虎的手，徑直朝門外走去。

等出了謝府，唐一明這才鬆開孫虎，說道：「好了，天色也不早了，我們回府吧，明日還要去大司馬府。」

金勇忿忿說道：「大王，謝安他怎麼能這樣對待大王？他知道了您的身分，會不會……」

「你放心，謝安是個聰明人，知道該怎麼做。明日一早，桓溫府上，他必然會幫我們說話，與晉朝和睦之事，已經成功了一半了。」唐一明老神在在地說。

孫虎狐疑地問：「大王，姓謝的如此對你，又怎麼會幫我們說話？」

唐一明笑而不答，只淡淡地說道：「回府吧，累了一天，也該歇息了。」

謝府門前。

唐一明三人剛離開，謝安便從府裏走出來，看著落日餘暉中的三條身影，畢恭畢敬地向三條身影拜了拜，心中默念道：「漢王，請原諒我的粗魯，和睦之事，明日我一定會盡力而為！」

第二章

一時俊傑

但見涼亭內有一個身穿華裝的漢子，
漢子相貌俊朗，風度翩翩，正舉著酒杯談笑風生，
不時引起涼亭中其他人的哈哈大笑。
「這個人就是桓溫嗎？果然是一表人才，
北有慕容恪，南有桓溫，都是一時俊傑！」
唐一明不禁暗嘆。

第二天正午，唐一明獨自跟隨王羲之去了桓溫的大司馬府。

大司馬府外，馬車停得到處都是，而且每輛馬車都大多裝飾的十分好看。

門口站著一名老管家招呼著來賓，一見王羲之來了，急忙上前相迎，低頭哈腰地說道：「右軍大人，你總算來了，大司馬在裏面可是一陣好等啊，百官都來了，就等您了，您快點進去吧！」

王羲之轉身對身後的唐一明說：「唐先生，走，隨我進去！」

老管家看了一眼唐一明，覺得此人很陌生，便盤問道：「王右軍，這位是……」

王羲之淡淡說道：「這位是會稽高士，姓唐名亮，是大司馬特地讓老夫從會稽請來的。怎麼，你不會連大司馬要請的人也要攔下吧？」

「不不不，小的怎麼敢如此呢，只是……唐亮這個名字……小的好像沒有聽說過啊！」老管家邊說著，邊不住地打量著唐一明。

王羲之冷笑一聲，道：「你沒有聽說過，是你孤陋寡聞，不然你怎麼只能做個家僕呢？大司馬宴請的人你要是敢攔下的話，估計你的腦袋也要搬家了！」

老管家臉上一凜，急忙閃到一邊，低頭說道：「小的不敢，將軍請快快入席！」

大司馬府果然是大家門戶，就連大門也與其他士族不一樣，是用鎏金漆刷，還有一個很高的門檻，進府門時，如果不把腳抬高一點，恐怕就會絆倒在地上。

進入大司馬府，裏面的裝修十分奢華，比起唐一明的漢王府要豪華許多。此外，裏房廊下三步一崗，五步一哨，戒備相當森嚴。

王羲之帶著唐一明，所過之處，站崗的士兵沒有一個不喊他一聲「王右軍」的，這足以證明王羲之雖然無心政治，但無論在政界還是軍界都享有很高的聲譽。

轉過幾個彎，走過幾個迴廊之後，王羲之和唐一明來到後院一處幽靜的庭院，庭院四周都是盛開的鮮花，一條鵝卵石鋪就的長路，彎彎曲曲直接通向庭院中央的涼亭。

涼亭中依次坐著桓溫所宴請的官員，足有百人之多。即使一百多人，坐在那個大涼亭內，還是綽綽有餘，足見其占地之大。

「唐先生，當中坐著的那個就是桓大司馬，一會兒我給你引薦引薦，似唐先生如此英雄的人物，大司馬是很願意結交的。」王羲之微微抬了一下手，邊走邊說道。

唐一明點點頭，順著王羲之指的方位看去，但見涼亭內有一個身穿華裝、四十多歲的漢子，漢子相貌俊朗，風度翩翩，正舉著酒杯談笑風生，不時引起涼亭中其他人的哈哈大笑。

「這個人就是桓溫嗎？果然是一表人才，北有慕容恪，南有桓溫，都是一時俊傑！」唐一明不禁暗嘆。

說起桓溫，就不得不將桓溫的履歷敘述一下。

桓溫，字元子，為宣城太守桓彝之子，響噹噹的「烈士」子弟。桓彝此人一直忠心晉朝，王敦之亂，他深受明帝信任，得封萬寧縣男。蘇峻之亂時，兵弱民寡的桓彝毅然赴難，當時周圍郡縣守令大多投降或「偽降」，桓彝誓言「義在致死」，固守城池經年，終於力屈城陷，為蘇峻驍將韓晃所殺，時年五十三。後被追贈為廷尉，謚曰簡。

桓彝被殺時，桓溫年僅十五歲，由於知道殺害父親的主謀是涇縣縣令江播，桓溫「枕戈泣血，志在復仇」。三年後，江播病死，他的三個兒子害怕桓溫來鬧喪，在靈堂迎接弔孝來人時，還在杖中暗藏利刃，以備不測。

然而，即使如此嚴密，仍無法躲避復仇心切的桓溫。桓溫以弔唁為名，混入守喪的廬屋內，突然於衣中抽出刀來，把驚嚇得瞠目結舌的江播長子江彪一刀捅死在地。接著，又猛追倉皇逃散的江播另兩個兒子，一刀一個，把江氏三兄弟盡數殺死，終於替父報仇。

正是此種為父報仇的剛烈勇猛，為桓溫贏得了至孝、猛毅的良好名聲。

桓溫二十出頭，娶明帝愛女南康長公主為妻，拜駙馬都尉，襲其父爵萬寧縣男。

一入龍門，節節高升。桓彝生前與國舅庾亮是好友，桓溫也與庾亮之弟庾翼相交甚密。

晉明帝時，庾翼作為太子舅氏，就向皇帝力薦這位好友，說：「桓溫少有雄略，願陛下勿以常人遇之，常婿蓄之，宜委以方召之任，托其弘濟艱難之勳。」

才氣、名氣、運氣，可以說在青年時代的桓溫身上全都會聚在一起了。

庾翼死後，由於朝中各派的政治鬥爭，大家只能走中間路線，推舉出一位為世人所接受的、有「四海之望」的人來接替庾翼。

估計庾翼自己當初也想不到，他所竭力舉薦的好友桓溫會在後來占了自己兒子的位置。朝廷詔下，以桓溫為都督荊梁四州諸軍事、安西將軍、荊州刺史、領護南蠻校尉。如此，命世英雄終於有了施展雄心和抱負的人、才、力、地。

新官上任三把火，桓溫也不例外。為揚名立萬，樹立威勳，桓溫當然是揀軟柿子捏，準備先拿割據蜀地的成漢偽政權開刀，上表朝廷，要興兵伐蜀。並且帶領軍隊一舉滅掉了盤踞在蜀地的成漢，從此桓溫名聲大震天下，成為晉朝中數一數二的實力派。

把握朝政的會稽王司馬昱為了制約桓溫，就以揚州刺史殷浩為心腹（此人初與桓溫齊名），參理朝政，與桓溫形成對立的兩派。

不過，殷浩此人志大才疏，雖然在司馬昱的支持下進行了北伐，卻兩次都以失敗告終，最後反被桓溫落井下石，將他貶為庶民，並且永不錄用。後來，殷浩鬱鬱寡歡，沒有多久就死了。

殷浩死了，司馬昱形同斷了一臂，可是他不是桓溫對手，不過是仗著皇族的身分而已，所以此次桓溫宴請朝中大臣、社會名流，沒有一個敢不給面子的，可見桓溫勢力如日中天。

涼亭中的笑聲逐漸清晰地傳入唐一明的耳裏，唐一明跟在王羲之身後，走上涼亭的臺階，橫掃了一下涼亭內的人，一瞬間，所有笑聲戛然而止，所有人的目光全部朝這邊移了過來。

百餘人的目光部集中在信步走來的王羲之身上，偌大的涼亭內，只有少數幾個人在默默地注意著唐一明。

唐一明感受到極為稀少的注視，但他還是能從百餘張面孔中搜索出兩張熟悉的面孔來，一是坐在左邊第二排的謝安；另外一個則是坐在右邊第一排中間的諸葛攸，還有一張較為陌生的面孔，正是坐在正中間的桓溫。

諸葛攸目光透過王羲之，看見唐一明，不禁大吃一驚，卻不敢亂動，心中暗叫道：「他……他怎麼來了？」

「他果然來了！」謝安的臉上揚起了一絲極其詭異的笑容，默念道。

「此人相貌不凡，英武有威嚴，我從未見過，卻跟在王右軍背後，不知是哪位高士？」桓溫看到唐一明後，心中忍不住生起一絲漣漪。

王羲之脫掉腳上穿著的木屐，赤腳走上鋪滿席子的涼亭，恭敬地向坐在正中的桓溫鞠了一躬，拜喊道：「下官王羲之來遲一步，還請大司馬見諒！」

桓溫站起來，徑直朝王羲之走了過來，笑道：「逸少，何來太遲？」說話間，眼睛餘光不時地看向唐一明，忍不住問道：「逸少，這位是？」

唐一明此刻與桓溫相距不過一米，將桓溫的面目看得十分清楚，只見桓溫方面大耳，臉部有七顆明顯的雀斑，正是傳說中的面帶七星。

桓溫說不上太過俊美，卻頗有一番強悍的男兒氣概。最吸引人的，是他的神態，看似漫不經心，卻給人一種真誠可信的感覺。

他的眼神深邃靈動，單看他的眼神，便知此人生性放蕩不羈，而他薄薄青衣下強壯的體格配上他無形中散發出來的攝人氣勢，使人感到此人他日絕非是池中之物。

王羲之當即介紹道：「這位是會稽高士，姓唐名亮，久聞大司馬名聲，所以下官帶他來見見大司馬，讓他一睹大司馬的英偉；若有冒犯之處，還請大司馬恕罪！」

桓溫哈哈笑道：「好，來者是客，反正大家都聚在此處，多一個人也無妨。唐先生既然能得逸少親自帶來，必然有不俗之表現，不如請隨我來，坐在我身邊如何？」

唐一明見桓溫臉上帶著善意的微笑，似乎渴望能夠得到別人的友情與信任，但是久經沉澱，已經在桓溫的骨子裏刻下最深刻印痕的高傲與華貴，與他之前所見過的慕容恪比起來，更多了一份深沉，讓唐一明從內心發出了對桓溫的一種小小的恐懼。

唐一明不自覺地自慚形穢起來，下意識地想和桓溫保持一定距離。這是他從來沒有碰見過的事情。

唐一明拱手道：「山野村夫，不敢與大司馬並列而坐，能見大司馬一面，在下心意猶足，豈敢與之比鄰？」

桓溫道：「既然如此，那我也不勉強你，先生既然是高士，就應該坐在高士之列，左邊第三排第六個位置，請先生入座。」

「多謝大司馬！」

桓溫轉身，牽著王羲之的手走了回去。

唐一明脫下腳上的木屐，跟在兩人後面上了涼亭，此時他一抬頭，剛好看見桓溫的後腦杓異常突出，想起「桓溫奇骨」的典故來，心中不由道：桓溫腦後突出的頭骨，被其父說是奇骨，可是奇到最後卻是廢帝自立，還不如說是反骨才對，若是當年的諸葛亮在此，看見桓溫腦後的反骨，豈有容他之理？

他一邊想著，一邊走到座位上，赫然發現左前方坐著的人是謝安。

此時，桓溫舉起酒杯，大聲說道：「諸位，今日一會，豈能不開懷暢飲？來！大家共同舉杯，滿飲此酒！」

眾人紛紛舉杯慶賀。

大司馬府中，百餘人的盛宴進行得如火如荼，大家都沉浸在一陣歡聲笑語之中，各自攀談著生平趣事。唐一明坐在其中，看著面前擺放著的醇酒佳餚，卻無心吃喝，他來大司馬府的目的是為了見桓溫，而不是為了貪圖佳餚和美酒。

他端起面前的酒，將酒放到鼻子下面聞了聞，一陣酒香撲鼻而來，再看看面前擺放著的各色佳餚，讓他不禁想起北方的情景來。一河之隔，南北卻有著天壤之別。南方繁華富裕，百姓安居樂業，北方則是一片荒涼，百姓都在為怎樣填飽肚子而發愁，這種差距，如果不是親身體驗，無論如何也是體會不到的。

「哎！」

唐一明放下酒杯，只希望宴會能夠快點結束，他也能早一點亮明身分，獨自和桓溫面談。

「大丈夫何必唉聲嘆氣？你坐在這裏，任誰也注意不到你，如果想要別人注意到你，就必須有非常之舉！」

坐在唐一明前方的謝安轉過頭來，淡淡地說道。

唐一明看了看謝安，正準備回話，卻見謝安已經轉過頭去了。

謝安看似平淡無奇的一句話，猶如給了唐一明一記當頭棒喝，他想：「雖然金子總會發光的，但是當滿地都是金子的時候，別人就看不見你是哪一顆了，我該怎麼引起桓溫注意呢？……有了……就這樣辦！」

眾人正在歡笑暢飲時，突然聽到涼亭內有人發聲：「諸公在此舉行盛宴好不自在，倒是將天下黎民置於水深火熱之中，諸公於心何忍？」

聲音落下，原本喧嘩吵鬧的涼亭瞬間靜默，眾人紛紛將目光移到發出聲音的唐一明身上。

「大膽！竟敢公然藐視諸位大臣，來人，將此人給我拖出去，立刻斬首！」

一個身穿鎧甲、站在桓溫背後三米處的白面漢子大叫道。

幾個武士從四周擁了過來，還沒有走上來，便見桓溫站起來，將手一揮，這幾個武士便不再動彈，站在原地等候命令。

桓溫身後的那個白面漢子見了，不滿地道：「大哥，這人公然藐視諸位大臣，更藐視大司馬府，何必對他留情？」

桓溫厲聲叫道：「桓雲，退下！這位唐先生是跟隨逸少而來，我今天在這裏宴客，但凡來者都是本府的客人，你們不得怠慢。」

原來白面漢子便是桓溫的弟弟桓雲，長得倒是和桓溫十分像，只可惜心胸卻沒有桓溫那麼寬廣，眼睛裏更容不得半粒沙子，見桓溫訓斥，便緩緩地退到後面，不敢多言。

「唐先生，本府的耳朵有點背，沒有聽清楚剛才先生講的是什麼，先生能否再講一遍？」桓溫轉向唐一明問道。

唐一明神情嚴肅地道：「別說一遍，就是十遍一百遍，我也講得。諸公在此舉行盛宴，花天酒地，好不自在，卻將天下黎民置於水深火熱之中，難道這就是諸公所說的為國為民嗎？」

「哪裡來的狂生！膽敢在此口出狂言？大司馬為國為民，操勞辛苦，豈是你這等卑賤的小人所能體會的！」一人開口，在座之人隨之群起攻之，言語間都是對唐一明的謾罵。

唐一明站在那裏，靜靜地看著那些開口罵他的人，嘴角卻揚起一絲笑容，說道：「罵吧，就你們這樣的素質還配當名士？我看都是些徒有虛名的雞鳴狗盜之輩。」

見眾人還要吵下去，桓溫一聲大喝：「肅靜！諸公，今天的宴會就到這裏吧，諸公請各自回去，本府就不送了。桓雲，將這位唐先生帶到華雲堂來！」

幾名武士進入涼亭，將唐一明給捉拿起來，也顧不得讓他穿上木屐。

唐一明赤著腳，在武士的簇擁下走下涼亭，斜眼看見在那裏坐著的諸葛攸，諸葛攸正在不住地搖頭，目光中充滿了惋惜之情，似乎唐一明這一去就不能回來了一樣。

桓雲轉過幾個房廊，帶著唐一明來到華雲堂。

華雲堂是大司馬府中一個僻靜之處，同時也是桓溫和他的智囊團議事的地方。

唐一明踏步進入華雲堂，但見桓溫坐在上首，王羲之坐在桓溫的右手邊，謝安則坐在桓溫左手邊，其他還有八名年齡、長相各不相同，唐一明不認識的人坐在那裏。

「大哥，這個該死的狂生帶來了！」桓雲吆喝著說。

桓溫擺擺手，示意武士退下，上下打量了唐一明一番，見唐一明還赤著腳，便對桓雲說道：「唐先生是跟隨逸少前來的貴客，怎麼可以怠慢？你快去將唐先生的木屐找來。」

「什麼？大哥，讓我去給他找木屐……」桓雲抗議叫道。

「少囉唆！讓你去你就去，哪來那麼多廢話！」桓溫厲聲道。

桓雲無奈，瞪了唐一明一眼，便離開了華雲堂。

此時，王羲之走到桓溫身邊，在桓溫的耳邊說了幾句話，桓溫聽後，臉上出現了吃驚的表情，不過立時便又恢復原狀，擺手示意王羲之回到原位。

桓溫見唐一明雖然穿著文人的衣服，可是骨子裏卻透出一種軍人不屈不撓的氣息，便緩緩地點了點頭，道：「我當是誰有那麼大的膽子，敢在我大司馬府上撒野，原來是泰山漢國的大王來了，實在是失敬失敬！」

此話一出，便見桓溫那八名手下大吃一驚，他們做夢都想不到身為漢王的唐一明居然會出現在這裏，而且還站在他們的面前。

唐一明拱拱手道：「大司馬過獎了，在下與大司馬相比相差甚遠，既然來建康，自然要來拜會拜會大司馬了。」

「嗯，既然是漢王大駕光臨，那本府就不能虧待了漢王。來人啊，看座！」桓溫吩咐道。

唐一明與桓溫面對面地坐著，目光掃過眾人臉龐，答謝道：

「多謝大司馬賜座！」

「舉手之勞而已，我大晉可是禮儀之邦，豈能不好好照顧貴客？在座這些人都是本府的智囊，本府給你介紹介紹。在本府左邊依次是車胤、孫盛、袁宏、謝安、伏滔；右邊依次是王羲之、謝奕、郗超、王坦之、羅友。」桓溫一一介紹著。

來大司馬府前，唐一明對桓溫早就做了一番功課，從金勇那裏要來桓溫有關的資訊，知道桓溫十分愛才，經常禮賢下士，禮聘各方人才，不論出身高低，只要有才，就拉到身邊聽用。這也使得桓溫漸漸成了許多名士的首領，一呼百應。桓溫從此奠定了自己的雄厚基礎，一遇到什麼事，就召集他的智囊團進行一番商量。

「諸公大名，唐一明如雷貫耳，今日有幸一見，實屬三生有幸！」唐一明文縐縐地說道。

眾人紛紛向唐一明拱拱手，寒暄一番。

「本府聽逸少說，你之所以冒險前來建康，是為求和而來？」

桓溫開門見山地道。

唐一明搖搖頭，道：「大司馬言重了，我不是來求和的，而是想和貴國和睦相處，相互通商來的！」

桓溫說：「這不都一樣嗎？」

「不一樣！求和是兩國發生戰爭，一方打不下去了被迫乞求和平；而和睦通商則不是。我來這裏，是以一國之主的地位，想與貴國建立邦交的，而非是因為戰爭而求和。大司馬從政多年，若是連這點都分不清楚，似乎有點太過離譜了吧？」唐一明義正詞嚴道。

「大膽！竟敢公然謾罵大司馬？左右武士何在，將他推出去斬首示眾。」坐在桓溫右首邊末座的羅友怒聲叫道。

只見門外走來兩名武士，剛跨出一步，便被桓溫叫了聲「退下」，而重新走出了華雲堂，繼續守衛在門口。

唐一明斜眼看了看羅友，腦中出現他的資料：羅友，字宅仁，襄陽人，出身寒門，年少時行乞於荊州，有過目不忘之才，被桓溫召入府中擔任幕僚；他作戰勇猛，處理政務也很拿手，逐漸得到桓溫的重用，現任襄陽太守。缺點是脾氣有點暴躁。

羅友這個襄陽太守當得倒是有意思，桓溫雖羅友納為屬下，但一直未重用。有一次，桓溫任命一個人為郡守，為此人餞行，只有羅友姍姍來遲。桓溫問他因何來遲，羅友答：

「途中遇見鬼取笑我，說只見你每次送別人去做郡守，卻從未見別人送你去做郡守。我先是害怕，後來又覺得慚愧，傷心落淚，故而來遲。」

桓溫聽了，也覺得怠慢了他而心中不安。不久，就將其任命為襄陽太守。

還好唐一明事先做了功課，便呵呵笑道：「原來是那個博聞強記，過目不忘的襄陽羅友啊，真是失敬失敬。聽說羅將軍入了大司馬府，很久沒有官職，便自己厚起臉皮來向大司馬索要，不知道此事當真否？」

羅友聽了，氣得臉紅脖子粗，他長著國字臉，濃眉大眼，身體健碩，臉上更是有著一個刀疤，此時一氣起來，臉上便顯得很是猙獰，指著唐一明大叫道：「你……」

「好了，羅將軍，少安毋躁，過去的事就算被提出來也無妨，入座吧！」桓溫喝止道。

羅友氣沖沖地坐在椅子上，雙目怒視著唐一明，似乎要將唐一明生吃活扒了一樣。

「漢王既然冒險前來請求和睦，那咱們就開門見山地說吧。據本府所知，漢王之前做出一些對不起大晉的事，最使大晉朝野震驚萬分的，就是漢王身為漢人，居然將到手的傳國玉璽拱手送給燕國的鮮卑人，這件事本府沒有冤枉漢王吧？」桓溫臉上變色問道。

唐一明冷靜地道：「大司馬，你說錯了，不是送，而是讓我拿去換糧食了。」

桓溫不滿地質問道：「不管怎麼樣，這都是你不對。你應該知道，傳國玉璽一直是我們大晉的，只是蠻夷入侵的時候失落了，既然到了漢王的手中，漢王理應將玉璽送回大晉，可漢王卻沒有這樣做，而是給了鮮卑人……」

唐一明打斷桓溫的話，解釋道：「請大司馬聽我一言。在當時，我只有不到一萬的人馬，卻被數十萬燕軍團團圍住，我寫信到大晉求援，大晉卻不聞不問，將我和數十萬百姓拋棄，試問大司馬，如果可以用玉璽和燕軍換取糧食以求生存，為何我一定要將玉璽送給連我們死活都不聞不問的大晉呢？如果說有錯的話，那也是大晉有錯在先。」

桓溫聽了，不覺陷入沉思，那時他駐守荊襄、巴蜀，對這件事毫不知情，因為當時的朝政是掌握在司馬昱一夥人的手裏，此時聽到唐一明的解釋，也覺得大晉確實有對不住唐一明的地方。他想，如果當時掌權的人是他的話，他必然會派出大軍救援，從而得到這支無形的力量，可惜這只是他的設想罷了。

唐一明見桓溫沒有說話，便繼續說道：「大司馬，是大晉先拋棄了我們這些冉魏的流民，我作為流民的首領，理應對他們的死活負責，玉璽對我來說，只不過是一塊石頭罷了，既然燕軍那麼想要，又用糧食來換，我又何樂而不為呢？如果當時換作是大司馬，一面是沒什麼用的玉璽，另一面是堆積成山的糧食，大司馬又會作何選擇？」

桓溫無言以對，因為在他的心裏，如果當時他是那些流民的首領，遇到這樣的事，也絕對會像唐一明一樣的做法。

第三章

遠方貴客

桓溫哈哈笑了起來，
一把拉住坐在身邊的唐一明，高興地說道：
「漢王大駕光臨，本府應該熱情款待才是，
來人啊，大廳擺宴，我要款待遠方來的貴客！」
桓溫在府中親自大宴唐一明，
酒宴上，和唐一明相互寒暄。

「大司馬，晉朝立國那麼多年，自從在建康建都之後，天子的手中就一直沒有玉璽，這麼多年都過了，有沒有玉璽又有什麼關係？百姓不是始終都承認皇帝的帝位嗎？」唐一明道。

「好一張伶牙俐齒！這個問題暫且不說，姚襄是叛晉之人，殷浩二次北伐失敗的主要原因就是因為姚襄背叛，你明明知道，為何還要收留姚襄？」桓溫繼續質問道。

唐一明反駁道：「大司馬是不是在袒護殷浩？二次北伐失敗的真正原因，我想大司馬應該比我更清楚吧？不然大司馬又怎麼會將殷浩趕出建康呢？」

「你……」桓溫突然站了起來，隨即拍手叫道：「好，漢王果然是不凡之人，今日一見，本府才知道為何漢王一直在泰山立足未曾動搖了。不過，兩國邦交注重的是利益，我大晉疆域廣大，而你漢國卻只佔領了彈丸之地，與你這種小國結盟，對我大晉有什麼好處？」

唐一明道：「大司馬想必已經知道漢國攻佔了青州和徐州吧？可是大司馬不知道的是，我漢軍以少勝多，區區幾萬人馬就打敗了盤踞在青州和徐州的八萬人，而且耗費的時間還不到一個月，大司馬可知道這是為什麼嗎？」

桓溫搖搖頭，對這個新興起的漢國為何會在短短的一個月內擊敗燕軍的八萬大軍，他確實是不得而知。

唐一明緩緩說道：「那是因為我漢軍有先進的武器在手，我們能夠製造出一種叫炸藥的東西，只需要碗大的這麼一點，扔在人群裏，就能炸死好幾個彪形大漢。如果大司馬同意和我們結盟的話，我會用炸藥和貴國交換所需要的物資，如此一來，不僅兩國和睦，而且還能使晉軍在戰鬥中減少傷亡，大司馬以為如何？」

「炸藥？真有你說得那麼厲害嗎？」桓溫好奇地問道。

唐一明哈哈大笑，然後躬身說道：「在下不才，好歹也是一國之主，豈有欺騙你的道理？不知道大司馬是否還記得去年和燕軍在徐州的那場大戰？」

桓溫回憶道：「那場戰鬥，本府至今記憶猶新，燕軍率先抵達徐州，截住了我大晉前進的道路。在交戰中，不知道燕軍用了什麼方法，只聽得到處都是轟隆聲，沒有多久，我晉軍就死傷數千人……難道……難道燕軍所用的，就是你口中所說的炸藥嗎？」

唐一明點點頭，道：「然也！」

「啪！」

桓雲從華雲堂外走了進來，一進來便將手中拎著的一雙木屐給重重地扔在地上，發出一聲清脆的聲響。

「你的木屐我給你拿來了，趕快穿上吧！」桓雲冷冷地說道。

唐一明將木屐穿上，然後欠身對桓雲說道：「多謝桓將軍！」

桓雲哼了聲，並不理睬唐一明，徑直走到桓溫身後，目露凶光地看著唐一明。

「原來並不是慕容恪神勇，而是借助了你所說的炸藥，本府還以為燕軍會使什麼妖法，原來這一切都是拜你所賜！」

桓溫說話間，不禁起了殺機，目光中透露出異樣的眼神。

謝安冷眼旁觀，見桓溫抬起右手，不自覺地伸出右手食指在鼻子上輕輕地摩挲了兩下，便急忙站起來欠身說道：

「大司馬，如今晉朝歷經兩次北伐失敗，國庫空虛，士兵疲憊，就連大軍的士氣也很低落，如果能夠得到漢王所說的那種炸藥的話，我軍再休整一年半載的，必然能夠很快恢復元氣，到時候，大司馬親率大軍北伐，必然能夠一舉掃平蠻夷，建立蓋世功勳！」

唐一明看了謝安一眼，見他表面冷漠，看似不經意的一句話，卻無形中幫襯了他不少，心裏對謝安充滿了感激。

桓溫垂下了手，環視眾人，問道：「諸公以為如何？」

羅友當下叫嚷起來：「啟稟大司馬，漢國正處於燕國和我大晉的中間，以目前的實力來看，漢國無論從任何方面都無法和我大晉平起平坐，又何來的邦交之談？如果想和我大晉和睦相處，屬下以為，必須讓漢國成為我大晉的附屬國，歸順我大晉，使得我大晉的疆土擴展到黃河一帶，然後由我大晉派遣軍隊駐守漢國境內，一旦和燕軍有了戰端，大司馬儘管提荊襄兵馬直奔宛、洛，另外派一上將率領巴蜀兵馬出秦川，入關中，更可派遣軍隊從漢國境內發兵，渡過黃河，直逼燕國腹地，三路大軍一起北伐，不管北方為哪族蠻夷所占，我大晉都能一鼓作氣，遙相呼應，必然能夠恢復舊都，光復失地！」

「你這招也太狠了吧！老子來跟你談邦交，你卻讓老子附屬於晉朝，還鳩占鵲巢，想霸佔老子的領地?!」唐一明聽了，心中暗暗罵道。

桓溫聽著羅友的話，見唐一明眉頭緊皺，便故意試探道：「漢王，羅將軍所說，正是本府的意思，不知道漢王以為如何？」

唐一明冷言道：「如果是擱在一年前的今天，我會毫不考慮地接受這樣的條件。在我們最需要晉朝大軍前來支援的時候，你們在哪裡？在我們最困難，甚至被蠻夷的軍隊重重包圍的時候，你們晉軍在哪裡？在我委婉地寫信要求歸順你們晉朝，甘為先驅的時候，晉朝又是怎麼對待我的？是，你們後來是派了人，帶來兩萬軍隊，可是北伐大軍一敗，晉軍也一走了之，將我們美好的希望又一次撲滅。現在倒好，我們靠著自己發展起來，佔領了一席之地了，你們卻說出這樣的話來，難道所謂的天朝，就是以大欺小、以強凌弱嗎？」

唐一明字字珠璣，所吐出的都是實情，在泰山最困難的時候，他們將希望寄託於南方實力雄厚的晉朝，可是晉朝卻一次次地傷了他們的心，更將他們所有的人拋棄，不聞不理，任他們自生自滅，這一切都是不爭的事實！

桓溫沉默了好一會兒，良久才說：「不管怎麼說，漢國都必須成為晉朝的附屬國，只有這樣，兩國才能和睦相處。漢國只不過是個彈丸小地，還及不上我大晉的一個州，人口、經濟、軍事，哪一點能比得上我們晉朝？我們晉朝一向是天朝，能給你這樣的結果就已經很不錯了，你答應便答應，不答應的話，我們大晉只好自己去攻佔黃河一帶！」

唐一明見桓溫態度強硬，沒有一點退讓的餘地，還以戰爭相要脅，他能夠感受到，如果今天他同意桓溫，或許能夠從這裏活著出去；如果不答應，或許被囚禁，或許被斬首。

他此刻腦海十分清醒，答應晉朝，就是等於屈服，想想在漢國那些與他一起出生入死的兄弟們以及與他一起努力建設漢國的老百姓們，心裏萌發出一種很強烈的排斥感。

他來到晉朝雖然只有幾天，但是晉朝氏族門閥的制度，在金勇所收集來的資料中他看得一清二楚，所謂的氏族門閥，無非就是以貴族標榜自己，能有真才實學的很少，多是些遊手好閒的公子哥們，還有些不法之徒搶佔百姓土地，致使百姓含冤而死。他怎麼可能願意將自己一手打拼出來的漢國拱手讓給這樣的人來統治？他又怎麼甘心讓自己的百姓受到貴族的奴役？

此刻，他的思緒在腦海中激烈的碰撞，一邊是自己的命，一邊是百萬的百姓，他該何去何從？

華雲堂中沒有一點聲音。

突然，唐一明猛地抬起頭，大聲道：

「大司馬！我唐一明雖然談不上高士，也論不上英雄，但是我來這兒，就早已經將生命置之度外了。漢國雖小，實力猶在，我在來晉朝之時，便已經交代得很清楚，一旦我命喪黃泉，自有比我還要優秀的人來接替我的位置，漢國百萬百姓願意誓死與敵人周旋到底，更何況，我來到此處凶險之地，又豈能沒有防備？

「建康城外，沿江碼頭停靠著我偽裝成商船的數十條精銳戰船，上面載滿了無數的炸藥，一旦我到夜晚沒有歸去，他們必然會用先進的武器攻打建康，到時候雖然不能攻下建康，也能使晉都化為一片廢墟，如果大司馬今天不給我一個滿意的答覆，我唐一明就算死了，也少不了有大司馬陪葬！」

桓溫見唐一明站在那裏威風凜凜，又一次摸了摸自己的鼻梁，眼神裏透出殺意。他堂堂一個大司馬，權傾朝野的人物，還沒有人敢這樣和他叫板，更沒有人敢這樣威脅他。

雖然他不太相信唐一明所說的碼頭停靠著他的水軍，但是他不敢冒這個險，因為建康的安危直接關係到整個大晉的時局，如果建康一旦亂了，他就算再有權勢，也無法再有效地組織起自己的親隨。樹倒猢猻散，這是千古不變的道理。

華雲堂中，充滿了濃厚的火藥味，只見桓雲從桓溫身後突然走了出來，順勢將自己手中的長劍拔出，「刷」的一聲便架在唐一明的脖子上。

桓雲瞪大了眼睛，怒吼道：「臭小子！你再敢出一聲，你信不信我立刻削掉你的腦袋！」

「哈哈哈！你儘管削掉試試，入夜之後，整個建康城裏就會出現很多轟隆聲，用不了一個時辰，建康城就會變成一片廢墟！就算你派人去查也沒有用，這樣只會加快他們進攻的時間，我早已看破生死，我一個人死，拉上你們這一幫子還有整個建康城裏的百姓陪葬，簡直比皇帝享受的葬禮還要華麗。哈哈，哈哈哈……」唐一明絲毫不懼地大笑道。

「你個渾蛋，老子才不信你說的呢！拿命來！」

桓雲抬起腿狠狠地朝唐一明的胸口上踹了一腳，將唐一明踹倒在地，提著長劍，劍尖朝下，便要刺死唐一明。

「住手！」桓溫立刻阻止道。

眼看桓雲的劍尖離唐一明的心口只有幾釐米時，聽到桓溫大叫，手勢停了下來，扭頭問道：「大哥，他這是危言聳聽，根本就沒有這樣的事，你為什麼不讓我殺了他？」

桓溫道：「你閃開！本府還有一些事要問他！」

桓雲收起長劍，恨恨地朝地上吐了口口水，對唐一明道：「小子，再讓你多活一會兒！」

唐一明被桓雲踹到胸口隱隱生疼，他擦拭了一下嘴角上的血絲，心中想道：「好險！老子這次是賭贏了，如果桓溫真想殺我，絕不會在這時候叫桓雲停手，看來在桓溫的心中還有一點顧忌，如果謝安或者王羲之再從中說些好話，估計此事就能成功了。」

桓溫眼裏的凶光突然消失，滿臉和氣地走到唐一明身邊，將倒在地上的唐一明攙扶而起，委婉地說道：「漢王，讓您受驚了，剛才本府想試探一下漢王，沒想到漢王如此大大義凜然，寧死不屈，堪稱是位英雄。本府最敬重漢王這樣的人，來來來，到本府身邊來坐，本府還有一些細節要問漢王，還請漢王如實相告。」

唐一明被桓溫拉到上座，和桓溫並列而坐。

只見桓溫一坐下，便大聲說道：「諸公，漢國的國主親自來到建康，為的就是想和我們大晉和睦相處，不知道諸公有何意見？」

王羲之一直沒有說話，此時站了起來，他剛才目睹那驚險的一幕，對唐一明的膽識也很佩服。

王羲之向桓溫拜了拜，朗聲道：「漢王親自光臨我大晉，可見其誠意，俗話說，麻雀雖小，五臟俱全，漢國雖然疆域小，但是國主猶然如此，國民也決計不會差到哪裡去。如此的國家，必然是個不畏強勢，不懼強兵的國家。更何況，北方動亂，蠻夷猶在，如果能結識到漢國這樣的國家為睦鄰，必然是我大晉之福！大司馬，下官贊同與漢國修好，盡棄前嫌，永為友好邦交。」

謝安緊接著說道：「啟稟大司馬，下官以為右將軍所言甚是。如今我大晉內部時局雖然穩定，但是論起軍事，我軍多為步卒，而蠻夷多為騎兵，更何況蠻夷作戰勇猛，各個驍勇善戰，我大晉又接連遭受大敗，實力大減，所賴者不過是天塹而已，南船北馬，只要我們固守天塹，再發展個一兩年，必然會恢復實力。何況漢王也曾說，願意以炸藥和我大晉通商，如果我軍得到如此厲害的武器，軍事實力必然會大大增加。如今燕軍西征，胡人自相攻殺，我大晉正好趁這個機會好好發展，不論關中大戰是燕軍勝利還是秦軍勝利，都勢必會削弱胡人實力，到時候大司馬再起雄獅北伐，必然能夠收復舊都。」

「啟稟大司馬，小可也非常贊同兩位大人的意見。大晉疆域雖大，可百姓也十分的多，為了安撫江南百姓，大晉不能施行暴政，就連擴軍也有一定的年限。可是胡人則不一樣，胡人尚處在野蠻之時，一旦兵員消耗，就立刻招募軍隊，從不顧百姓生死，所以晉軍的總數不及胡人。與其獨自對付胡人，或是跟漢國結仇，倒不如與

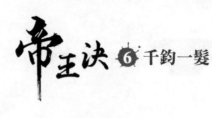

漢國成為睦鄰，和漢國共進退，互為犄角；一方有難，另外一方便來支援，豈不是大大緩解了我大晉的難處嗎？」

說話的人是王坦之，他樣貌俊美，只見他穿著一身白袍，頭上纏著綸巾，加上面白無鬚，倒是看起來十分舒服。不僅如此，就連這人說話也說到唐一明的心裏，他不禁多看了一眼這個白衣少年。

「啟稟大司馬，小可也十分贊同和漢國成為睦鄰，不為別的，就為漢王的那一股正氣以及漢國的百萬百姓。」

與王坦之比鄰的一個略小他幾歲，叫郗超的藍衣少年附和道。

王坦之、郗超兩人都是東晉少年成名的人物，有道是「盛德絕論郗嘉賓，江東獨步王文度」，說的就是郗超和王坦之。

桓溫環視一圈，高聲問道：「諸公還有什麼不同的意見嗎？」

眾人都一致地搖了搖頭，齊聲回答道：「啟稟大司馬，我等一致贊同和漢國成為友好睦鄰！」

桓溫早就預測到會有這樣的結果，他也知道和漢國成為睦鄰是必須的，但他始終放心不下唐一明，害怕他再向以前那樣做了牆頭草；他現在需要的是盟友，一個能夠牽制敵人的盟友。無疑，在北方的大地上，首選的盟友就是這個國中漢人百姓佔據大部的新興國家——漢國。於是便道：「既然如此，那本府就決定與漢國摒棄前嫌，成為友好睦鄰，明日早朝時，本府便將此事上奏陛下，以待陛下定奪。」

「大司馬英明！」眾人異口同聲地道。

桓溫哈哈笑了起來，一把拉住坐在身邊的唐一明，高興地說道：「漢王大駕光臨，本府應該熱情款待才是，來人啊，大廳擺宴，我要款待遠方來的貴客！」

桓溫在府中親自大宴唐一明，酒宴上，和唐一明相互寒暄，所談之事多是東南名人名士，唐一明對此沒有興趣，便豎起耳朵，聽桓溫和他的智囊們談話的內容。

待酒宴散去，桓溫獨自留下了王羲之，估計是詢問他如何認識唐一明之事。

唐一明和王羲之雖然只有過兩面之緣，但是對王羲之信任有加，相信他斷然不會將金勇等人的事說出來，便放心地離開大廳。

他醉眼朦朧的從大司馬府中走出，剛踏出沒有兩步，便聽見後面有人叫他。

唐一明轉過身子，看到謝安正朝他走了過來，便問道：「原來是東山居士，不知道安石先生有何見教？」

謝安環顧左右，低聲說道：「此地不是說話之處，還請漢王到我府中一敘。」

唐一明當即拱手道：「那就恭敬不如從命了。」

唐一明跟在謝安身後，不一會兒便來到謝府，坐定之後，謝安便道：「漢王，你可知道今天稍有差池，你的性命就不保了嗎？」

唐一明笑道：「這個自然，桓雲那一劍要是突然刺了下來，只怕我現在早就見閻王爺去了。」

謝安搖搖頭，面色凝重地道：「漢王，我說的不是這個，而是大司馬想殺你。」

「啊？大司馬？我沒有見他有殺我的意思啊？」唐一明驚道。

「漢王，請你仔細想想，你和大司馬談話之中，大司馬可曾有過這樣的動作？」謝安一邊說著，一邊伸出右手的食指在鼻子上摩挲了幾下。

「哦，確實看見了，我記得好像有兩次。但這跟殺我有什麼關係？」唐一明不解地問道。

謝安說道：「不，是三次。這也難怪，若非是桓大司馬的親近之人，是無法知道他這個習慣的。每當大司馬做出這個動作的時候，也就是他想殺人的時候。大司馬雖然心胸寬闊，禮賢下士，但也有被人激怒之時，一旦他做出這個動作，那麼激怒他的人就必須得死。漢王今天不但激怒了大司馬，還使得大司馬數次想殺掉漢王，漢王確實是猶如在鬼門關走了一遭啊。」

唐一明聽完，細細想來，不覺背脊發涼，本來頭腦因為喝酒有點暈暈的，現在一下子立刻清醒起來。

他看了看謝安，拍拍胸脯道：「當真好險，現在想來還有點心有餘悸。只是謝先生，你為什麼要告訴我這個？又為什麼要暗中幫助我？」

謝安誠摯地道：「我不是在幫你，我是在幫你漢國的子民。如果此次大司馬沒有同意和漢國和睦相處，戰端就會重新開啟，到時候必會生靈塗炭。大晉地域寬廣，實力雄厚，可是最近十年內連續征伐，致使國庫空虛，兵員銳減，我實在不想再看到此時發生戰爭。漢國和大晉雖然國家不同，但是黎明百姓都是一樣的，都是同宗同脈，如果兩家廝打起來，豈不是正好讓胡人高興嗎？我之所以告訴你這些，是因為漢王是個頂天立地的英雄，我很敬重漢王這樣的人物，希望漢王儘快離開建康，不然的話，肯定會遭遇不測啊。」

唐一明聽到謝安如此記掛天下百姓，確實應了那句「天下蒼生望謝安」的話，他拱手朝謝安拜了拜，說道：「多謝先生賜教。只是貴國天子一日不發佈聖旨，我就一日不離開建康，我要親眼看到漢國和貴國在聖旨上成為友好睦鄰才能離開。」

謝安著急說道：「這個請漢王放心，大司馬答應的事，是絕對不會自食其言的。只是，漢王的個人安危就有危險了，雖然說大司馬不會殺你，可是難保大司馬的弟弟桓雲不會這麼做。桓雲一向嗜殺，但凡有侮辱桓家或是藐視桓家的人，必然不會放過。我之所以如此匆忙地請漢王離開，就是為了此事。」

唐一明聽了，便道：「先生真是高義，如果我能得到先生這樣的人來輔助，何愁漢國不會強大，何愁漢國不能擊敗胡人，收復舊時河山?!先生，唐某不才，不知道先生可否……」

「漢王言重了，我之所以幫助漢王，是敬重漢王，並非想和漢王內通，也決計不會背叛大晉。現在這種形勢下，我或許能和漢王做個朋友，可是一旦驅逐了胡人，以漢王的雄才大略，必然不會願意忍受大晉踩在漢王的頭上，而漢國和大晉之間，也必然會有一戰，到時候，我和漢王或許就會成為敵人……漢王，我只希望漢王能以天下蒼生為主，就算以後真的會兵戎相見了，不管誰勝誰敗，受苦的都還是天下蒼生！」謝安打斷了唐一明要說的話，言辭懇切地說道。

「謝安果然是個擁有大智慧的人，居然會看得如此深遠，真是天下少有的奇才，在智謀上和運籌帷幄上，一點也不亞於王猛。王猛和謝安，一個精通兵法和法家學術，另外一個精通治國安民之道，如果謝安能成為我的屬下，他管理內政，王猛治軍，天下必然能夠統一，只可惜，謝安根本沒有投靠我的意思……此時沒有，也

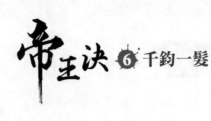

是因為形勢所逼……謝安，我一定要將你弄到手！」唐一明心中默默想道。

「既然先生看得如此深遠，也知道我以後會成為大晉的禍害，為何先生還要執意放我歸去，而不是將我除去？」唐一明好奇問道。

謝安呵呵笑道：「漢王，你可曾知道你在晉朝百姓心目中的地位嗎？」

唐一明搖了搖頭。

謝安道：「自從去年漢王派人向晉歸降的時候，大晉方才知道在泰山上還有一支漢王所帶領的軍隊，之後雖然大晉和漢王之間發生了許多不愉快的事情，但是漢王的一舉一動都在晉朝百姓的眼裏。因為在許多百姓的心裏，他們的故土依然在北方，南方雖然安定，但是也擋不住他們的思鄉之情，所以不知道什麼時候開始，關注漢王的百姓越來越多，他們都敬佩漢王，也希望支持漢王，但是卻有心無力。漢王知道祖逖嗎？」

「祖逖？我當然知道了。」唐一明道。

祖逖，字士稚。聞雞起舞的祖逖目睹了西晉的滅亡、胡人的入侵，東晉建立以後，他力主北伐，希望光復河山，從而上演了一幕驚天動地的北伐大業。

只可惜當時的東晉朝廷並沒有給予祖逖支援，得不到支援的祖逖，憑藉著自己的雙手和幾百士兵，進行了一連串光復活動，終於佔據了中原大片土地，並且數次要求晉軍過河北伐，卻始終沒有得到晉朝的答覆。

最後祖逖鬱鬱而終，而他的北伐大業因為所托非人，加上石勒大軍的強悍，最終敗亡，成為東晉百姓心目中最敬仰的一個民族英雄。

謝安道：「漢王如今就像祖逖一樣，在東晉諸多百姓心目中受到好評，如果我設計殺了漢王，只怕會激起民變，那時候，不但大晉江山將為之傾倒，江南的穩定，百姓的安樂，也都會化為一片焦土。」

唐一明聽謝安拿他和祖逖相比，實在是太高看他了，他不知道他自己在泰山的動作，居然會得到東晉百姓的心，更沒有想到謝安的智謀是如此的高，想問題是如此的透澈。

唐一明拱手說道：「聽君一席話，勝讀十年書！先生，唐某今天晚上就走，邦交的事，就一切拜託先生了。」

「漢王放心，我知道該怎麼做，只是今日一別，不知何時再見，也不知再見面的時候，我們是敵是友……」謝安感傷地道。

唐一明打斷了謝安的話，說道：「先生放心，再見之時，必然是友非敵；就算是敵人，也可以再敘敘舊。」

第四章

海上黑旋風

「大當家的，你叫什麼名字？」唐一明問道。
「哈！你們真是孤陋寡聞，出來跑船，
居然連我們大當家的名號都不知道？
說出來也不怕嚇死你，
我們大當家的就是海上黑旋風蘇雷！」
一個多嘴的海盜叫道。
「多嘴！」

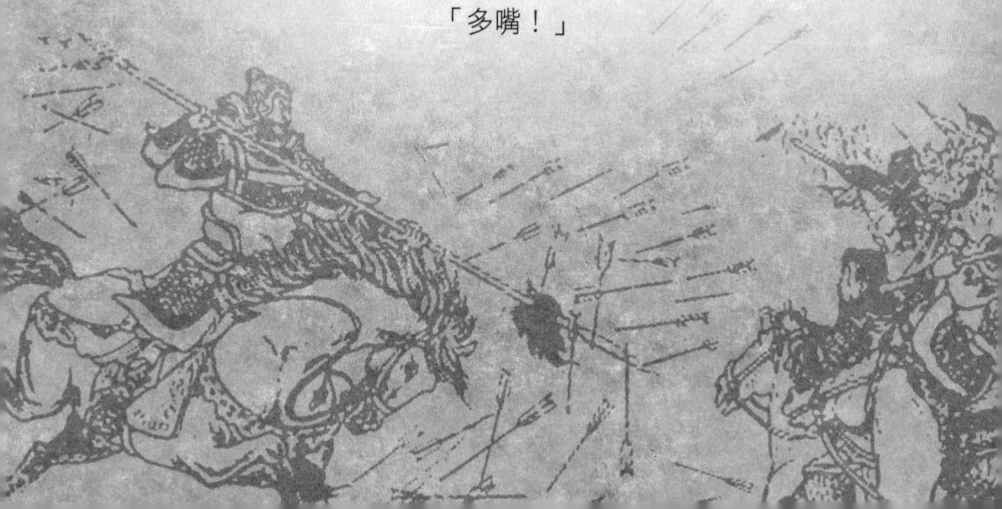

從謝府出來後，唐一明快步直奔金勇的府邸。確定身後沒有人跟蹤後，這才進去。

唐一明一進金府，便見陶豹、孫虎、金勇、趙全、張亮、魏舉等人都焦急地等候在大廳裏，他們一聽說唐一明回來了，便全部圍了過來。

「大王，你終於回來了，我聽說宴會早就散了，可仍然等不到大王回來，很是著急，十分擔心大王的安危。」金勇首先說道。

「俺也是，俺今天哪兒都沒去，一直等在這裏，就是怕大王有個閃失！」陶豹急道。

唐一明安撫道：「你們都不用說了，我知道你們擔心我。金勇，我讓你辦的事，你都辦好了嗎？」

金勇回道：「大王，按照你的吩咐，大王所需要的東西，我都已經命人去採購了，這個時候應該都已經裝上船了。」

「很好，金勇、趙全、張亮、魏舉，你們繼續留在建康，負責整個情報科，還是老樣子，名為商人，暗中調查，不過，這次我不會讓你們盲目地調查了，你們主要去查桓溫和司馬昱這兩派的關係，以及他們所接觸的人員，不管是誰，都要搞到這樣的資訊。查來的資訊暫時先留著，等以後商船到了，自然有人會來找你們，你們再將情報送到船上，讓他們運回漢國就行了。」唐一明吩咐道。

金勇、張亮、趙全、魏舉四人齊聲答道：「諾！」

「另外，你們潛伏在建康城裏，千萬要注意隱蔽行蹤，不能被人覺察出來了。雖然說晉朝已經答應和漢國和睦相處了，但是以後肯定會有對敵的一面。你們在敵人的地盤上，一切都要多加小心。」唐一明繼續說道。

金勇道：「我們明白了，大王放心，我們一定會小心的。」

「那就好，陶豹、孫虎，我們這就走吧，趕快到碼頭回漢國！」唐一明明快地說道。

眾人吃驚道：「大王，走那麼急？」

唐一明點點頭，道：「我的身分已經暴露了，不能在這裏多留，今天能僥倖活著走到這裏已經是萬幸了。金勇，準備馬車，一刻也不能等了！」

「是！」

金勇安排了馬車，陪同唐一明一前往碼頭。

一路上，唐一明不放心，還不忘交代許多瑣事。到碼頭時，天色已經漸漸黑了，在半黑半白之間，唐一明等人下了馬車，上船拔錨揚帆，五艘裝滿貨物的大船漸漸駛離了岸邊。

「先生為何走得如此匆忙？」趙全站在岸邊，看著消失在夜色裏的船隻，好奇問道。

話音剛落，便見一隊穿著鎧甲的禁衛軍直奔過來，在桓雲的帶領下，在碼頭一艘船一艘船地搜索著。

金勇、趙全、張亮、魏舉相互看了一眼，心中不言而喻，四人並肩走出碼頭，坐上馬車，各自回建康城裏去。

寬闊的江面上，五艘樓船緩緩行駛著，船艙內，唐一明斜躺在床上，把雙手枕在頭下，蹺起了二郎腿，他對這次晉朝之行非常滿意。

唐一明本來是想再待上十天半個月的，但是形勢所逼，不得不儘早離開。不過此行算是滿載而歸，每艘船上都裝著不同的貨物，有美酒，綾羅綢緞，大米、蔬菜，還有雞、鴨、鵝、羊、牛等家禽家畜，這些都是漢國所缺少的。

「今天真是好險，如果再晚走一步，估計就走不了啦，謝安真是幫了我一個大忙，但願以後再見的時候是友非敵，也希望我下次再來建康的時候，這裏已經成為我的地盤。」唐一明腦中不斷地想著，不知不覺便睡著了。

唐一明再次登上甲板時，是第二天的早上了。

連續一夜的航行，船隻已經駛出長江，到達海域，開始向北航行。疲憊了一夜的水手們，大都進船艙休息，任由海風吹動著風帆，將船隻帶向北方。

唐一明欣賞完日出，覺得肚子有點餓，便進了船艙。剛在船艙裏坐下不久，便聽見陶豹的喊叫聲。

「大王！大王！」

唐一明丟下手中的食物，走上甲板，和急匆匆奔來的陶豹撞了個滿懷。

「什麼事，如此慌張？」唐一明險些被陶豹撞倒，趕忙扶住欄桿問道。

陶豹一臉驚慌地說道：「大王，我們……我們被包圍了！」

「你胡說什麼？剛才我進船艙時還是風平浪靜的，怎麼可能被包圍？」

「大王，俺不騙你，不知道從哪裡突然出現好幾百條大小船隻，將我們前後包圍了起來。」陶豹信誓旦旦地說。

「有這等事？」

唐一明急忙朝甲板上走去，一上甲板，便赫然看見幾百條大大小小的船隻保持著一樣的時速，將他們包圍在其中。

「是海盜！」

唐一明定睛看了一下對方的船，船桅上掛著一面黑色的大旗，旗上繡著一個骷髏頭，在骷髏頭的下面交叉著兩把長劍，直覺告訴他，這是遇見海盜了。

這些船隻分佈得極有規律，每條船上都站滿了赤裸上身的漢子，他們的手裏舉著水手刀、登船斧等海上常用的兵器。

「快點傳令各船士兵，準備迎戰！」唐一明大聲令道。

陶豹二話不說，當先跑到船中央，舉起兩個鼓槌，擂響了那面架在甲板中央的大鼓。

點點鼓聲響起，原本在船艙裏休息的水手和士兵全部都拿著武器湧上甲板，炮手也慌忙地進入發炮艙，將一門門大炮給推到炮口，裝上炮彈，只等著命令一觸即發。

這些漢軍的海軍平時訓練有素，一經驚動，都能迅速地到達各自的崗位，船長到達船長室，與舵手們一起駕駛大船，槳手們則進入船的底部，紛紛拿起了划槳，等待命令。

五艘船前後相隔約有二百多米，一直保持著這樣的時速，一船驚動，五船皆動，只用片刻工夫，五艘船便完成了戰前準備。

唐一明站在甲板上，目視周圍的海盜船，看見其中一艘海盜船上的桅桿上插著幾面朱紅色的大旗，還有一個旗手正在用白旗不停地打著旗語。

不多時，海盜船的位置發生了變化，左右各一艘大船將漢軍的五艘大船卡在中間，小船則開始轉變方向，向漢軍的船靠近，似乎準備要發動進攻了。

「奶奶的，哪裡來的那麼多海盜，粗略估計這些海盜少說也有一兩萬人……陶豹，讓旗手給各船發出信號，但凡有船隻靠近就開炮攻擊，讓弓箭手站在甲板上射死那些企圖登船的人！」

一聲令下，旗語打出，但聽炮聲隆隆，凡是企圖靠近的海盜船隻，皆被炮彈炸中船身，木製的甲板瞬間斷裂開來，炸死不少海盜，其餘的也都紛紛墜入海中。

只這一瞬間的工夫，五十條海盜的小船便被炸沉，海盜也死傷一千多人。

不明就裏的海盜們不知道漢軍的船上裝配了什麼東西，被這一番狂轟亂炸之後，倒是顯得有些害怕了，紛紛後退。

在漢軍大船的側面，一艘名為「虎鯊」號的海盜船上，一個膚色白皙的俊俏少年緊鎖眉頭，這人一米六三左右，一身黑色衣褲，身形顯得比其他海盜來得消瘦，一頭過肩黑色長髮，微微挑起的雙眉下，是一雙深邃如潭水般的黑色眼眸，鼻子修長而挺直，兩瓣櫻色的嘴唇抿成了一條直線。

「大當家的，我們一下子就損失了五十條船，還不知道死了多少兄弟呢，看樣子，這次我們碰上的這五艘晉船比較厲害。」

俊俏少年的身邊，站著一個約三十多歲的刀疤臉漢子說道。

俊俏少年微微地點點頭，放話道：「吩咐下去，讓各船暫時不要靠近，廉丹，你讓旗手打旗語告訴那些晉人，留下貨物，速速投降，不然的話，我們就要開始強攻，不管怎樣都要將他們攻下來，到時候船上的人，一個都別想活！」

那個被喚作廉丹的漢子，就是那俊俏少年身後的刀疤臉漢子，是海盜的二當家，立即二話不說，傳達命令去了。

唐一明見海盜在炮火的攻擊下退卻了，心中很是得意，雖然海盜人多勢眾，但是真的比拼起來，還是武器的先進要佔領上風。

他見海盜船紛紛退回原來的位置，雖然依然呈包圍的姿態，可是那些海盜卻不敢輕易進攻了。大炮的威力讓他們見識到現代火器的威力，不敢輕舉妄動。

「人多有個屁用，還不是得乖乖地給我護航？就讓你們跟在老子船隻的旁邊，我看你們能夠跟多久！」唐一明自語道。

不多時，陶豹跑過來，說道：「大王，那些海盜把我們當成晉人的商船，讓我們停下來將船上的貨物交給他們，否則就要開始強攻了！」

「奶奶的，鬼才會交出去呢，他們要來就來好了，老子船上的大炮可不是當擺設的！告訴他們，我們不是晉人，是漢人；另外，將我們漢軍的軍旗掛起來，省得他們再誤會，如果他們仍要強攻，我們就和他們打！」唐一明強勢地道。

陶豹應命而去。

「虎鯊」號上。

俊俏少年凝視著面前的五艘晉船，突然看見晉軍的旗幟被換成漢軍的軍旗，心中正在疑惑，便見廉丹跑過來，道：

「大當家的，他們說他們不是晉人，是漢人，還警告我們不要輕易靠近，否則就把我們的船全部擊沉！」

「好大的口氣，管他晉人還是漢人，船上的貨物老子是要定了！傳令下去，出動艨艟！讓鬮子們也一起上去，老子就不信這個邪，咱們這麼多條船還搞不定他們！」俊俏少年怒道。

廉丹嘿嘿笑道：「大當家，你早該如此了，跟這些人沒必要廢話，那船上的人是不是一個不留？」

「一個不留！」俊俏少年斬釘截鐵地說道。

廉丹大笑道：「好！我立刻給老三、老四、老五他們發令，讓他們也一起上，將這五艘船全部堵住！」

俊俏少年道：「嗯，去吧，不過，讓鑿子們小心點，我可不想這批貨物沉入海底了！」

廉丹重重地點了點頭，說道：「大當家的放心！」

不多時，海盜船的旗手們紛紛以旗語對話。一百多條艨艟被放入海裏，一條艨艟上載著十個水手，手裏各自拿著錘子和鑿子，藉著海水的流速，迅速地從大船的前後兩頭襲來。

唐一明皺起眉頭，原本航行在漢船兩邊的樓船也迅速分開成兩列，一列減速，一列加速，加速的船隻堵在漢船的船頭，減速的船隻堵在漢船的船尾，首尾一起呼嘯而來。

「糟糕！大炮都在船隻的兩邊，如此一來，就打不到海盜了！傳令下去，將船擺橫！」唐一明看了以後，趕忙命令道。

漢船接到命令，還沒來得及將船擺橫，首尾兩艘大船便感覺遭受到一波猛烈的撞擊，船身開始晃動，不一會兒，在船底的槳手們都不約而同地聽到船底有敲擊的聲音，竟然是海盜們在海水中用工具鑿穿船底。

槳手們開始恐慌，感覺腳底下一點一點地被人鑿空，紛紛丟下手中的划槳，朝上一層擺放大炮的船艙裏跑去。

不多時，船底有一個水柱冒了起來，緊接著出現更多水柱，一會兒的工夫，船底便被海水淹沒，整條船也向海底下陷了一截。

船身的下陷，帶來的是甲板上的晃動。唐一明感受到這種晃動時，大吃一驚，直覺告訴他，船底被人給鑿穿了。

他還來不及喊叫，便見快速駛來的海盜船直接撞了過來，險些將整條船給撞翻。與此同時，船身的另外一邊也遭受到撞擊，另外一艘船撞擊過來，竟然是漢軍自己的船。

海面上，但見漢軍的五艘船受到了阻力，一船接著一船地撞了過去，五艘大船撞在一起，如同被鐵索鎖起來一樣。

就在這時，海盜船四散開來，首尾兩艘船將五艘漢船卡得死死的，海盜也衝上了漢船，舉著手中的兵器大聲地叫喊著。

不多時，四散開來的海盜船將五艘漢船卡住，八艘海盜船和五艘漢船緊密地連接在一起，從空中鳥瞰的話，如同一艘航空母艦般。漢軍紛紛從船艙裏衝出來，聚集在甲板上，與登船的海盜們廝殺在一起。

唐一明抽出長劍，發現漢軍竟然被海盜們給包圍了，而且這些新進的海軍只熟悉水性，對近身搏鬥並不是很在行，和船上的水手們紛紛慘遭海盜的殺害。

「大王，快到俺這裏來！」陶豹一邊殺著攻上來的海盜，一邊朝唐一明大喊道。

戰鬥來得太突然也太快，漢軍們還沒有做好近身搏鬥，彪悍的海盜們就衝了上來，漢船上的人很快便被海盜們殺死。

「孫虎，保護大王！」

陶豹提著破軍寶刀，帶著十餘個士兵見到海盜便殺，並且隨時注意唐一明的安危。

孫虎一直在唐一明身後護駕，兩人背靠背，就見漢兵不斷減少，只能打起精神來繼續戰鬥。陶豹又殺了幾個人，聽見背後自己兄弟的慘叫聲，回過頭時，卻看見都是滿地的屍體，而他自己則被海盜包圍。

「擋我者死！」

陶豹一邊大聲喊道，一邊朝後面殺了過去，因為在他身後不遠，就是被海盜包圍著的唐一明和孫虎。

一番衝殺之後，陶豹殺進了唐一明和孫虎的包圍圈，三個人背靠背，凝視著面露凶狠的海盜們，他們毫不畏懼。

「大王，你沒有事吧？」陶豹急忙問道。

唐一明搖搖頭，踩了踩腳下幾具海盜的屍體，說道：「沒事，老子身經百戰，這些海盜還不是老子的對手！」

「好大的口氣！」

一個尖銳的聲音劃破長空，從人群中傳了出來。

隨著海盜們閃出來的一條路，「虎鯊」號上那個俊俏少年從人群中走了出來。他的手中沒有拿任何兵器，只在腰中繫著一把水手刀，身上簡單地罩著一件破舊的盔甲。

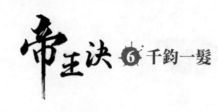

「大當家的！」眾海盜一見俊俏少年現身，紛紛施禮道。

俊俏少年走到包圍圈裏，看著三個鮮血淋淋的漢子，身上的肌肉一個比一個強健，不禁問道：「你們這些臭奸商，就知道壓榨我們，當初我勸你們的時候，你們要是乖乖就範，哪裡能死那麼多人？」

「呸！你個臭海盜，仗著人多勢眾，有本事和我單打獨鬥，看俺不砍了你們的腦袋！」陶豹使勁地朝甲板上吐了口口水，大聲叫嚷道。

俊俏少年看了一眼陶豹，沒有理會他，喊道：「老三，這個醜漢子就交給你了！」

人群中，走出一個虎背熊腰的漢子來，身高和陶豹差不多，可是身體的強壯度卻比陶豹有過之而不及，他手裏掄著一把大斧頭，臉上帶著微笑，站在中間，指著陶豹大聲叫道：「你過來！」

「有好戲看了，三當家的加油！三當家的加油！」海盜們群情激奮，大聲喊了出來，有的還不時吹響了口哨。

「哼！就憑你？」陶豹立即站了出去，手中揮舞著破軍，連正眼都不看那三當家的一眼。

「陶豹，這傢伙應該很有力氣，你要小心！」唐一明提醒道。

「大王放心，看俺給大王砍下他的腦袋！」陶豹大聲喊道。

俊俏少年開始並沒有注意唐一明，因為他和陶豹背靠著背，是背對著他的，此時陶豹一走出來，唐一明扭過臉來，他才看清楚唐一明的容貌。又聽到陶豹叫唐一明「大王」，好奇心便湧上心頭，暗暗想道：「難道我今天抓了一個晉朝的王爺？」

「呀！」陶豹大叫一聲衝了過去，身子一晃，手中寶刀閃過，隨後聽見一聲悶響，一顆人頭便落在地上，竟是海盜三當家的頭。

海盜見了，無不驚駭，他們怎麼也沒有想到，最為高大勇猛的三當家居然會被這個醜陋的漢子一刀給砍死，海盜們的眼睛裏都充滿了驚怖之色。

「沒想到你會如此的厲害！」俊俏少年看到三當家人頭落地，不但沒有一絲驚恐，反而對陶豹大加讚賞。

「這樣吧，你要是願意投靠我的話，你就做三當家的，如何？」俊俏少年對陶豹說道。

陶豹不屑地道：「呸！誰要做臭海盜！你爺爺我是漢家的將軍，豈能投靠你們這些臭海盜？你們還有沒有功夫高一點的，有的話，就來會會爺爺，爺爺一個一個地把你們的頭全部砍下來！哈哈哈！」

「好狂妄的口氣，不過，你們就剩三個人了，我們卻有一萬多人，如果我們一擁而上，你們絕無生理！老子讓你做三當家的是看得起你，你要是不同意的話，只有死路一條。不過，在你死之前，我想問一問，你剛才叫他大王，他是哪門子的大王？」俊俏少年指著唐一明問道。

陶豹道：「這是我們漢王，鼎鼎大名的漢王！」

俊俏少年又看了看唐一明，見唐一明身上有一種罡氣，還有一種軍人不屈不撓的精神，便道：「漢王？哪裡的漢王？」

「孤陋寡聞！俺家大王是漢國的大王，跟晉朝沒有一點關係！我勸你還是快點退兵，不然的話，等俺們漢軍打過來，你們這些海盜就要統統完蛋！」陶豹譏刺說。

俊俏少年「哼」了聲，冷冷地道：「我只聽過晉朝和燕國還有齊國，漢國還真是沒有聽過。不過，既然是一國之主，那手底下的金銀財寶應該多不勝數吧？老子改變主意，不殺你了，老子要把你給綁起來，然後通知你的國家，讓他們拿錢來贖人！」

唐一明一直沒有說話，默默地觀察著這個俊俏少年，不明白為什麼這麼多彪形大漢肯聽從這樣一個身形單薄的少年的話，而且他看得出來，海盜們對這個少年很是尊重，也很懼怕。

「大當家的，船艙裏都是些雜七雜八的東西，根本不像我們想像的有那麼多貨物！這次咱們虧大了。」此時廉丹從人群中擠了出來，來到俊俏少年身邊，說道。

俊俏少年道：「無所謂，咱們抓住了這個人，不管他是哪裡的王爺，都能換回一筆豐富可觀的贖金。你們把船艙裏的貨物全搬走，運到咱們的船上去，拉回島上。」

廉丹追問道：「另外那兩個活的怎麼處置？要不，丟下海裏餵魚好了！」

唐一明心想：海盜人多勢眾，陶豹、孫虎武功就算再高，也有力氣用盡的時候，到時候還是死。他不想讓陶豹和孫虎平白犧牲，便丟下手中的武器，拱手對俊俏少年道：

「大當家的，這兩位都是我的兄弟，我們一向共同生死，如果大當家的殺了他們兩個，我也絕不獨活，如果我死，大當家的就換不成金銀珠寶了，對大當家的豈不是一筆損失嗎？」

俊俏少年聽了道：「說得有理，不過，像你這樣不怕死的，我還是頭一次見到。既然如此，只要他們兩個放下手中的武器，我保證不殺他們，將你們三人一起帶回島上去，好歹那醜漢子也是個將軍，也能值幾個錢。」

唐一明便命令道：「陶豹、孫虎，丟下手中的武器。」

「噹啷！」

孫虎率先丟下手中的武器，不甘地喊道：「豹哥，聽大王的，沒錯！」

陶豹向來都是迫使別人丟下武器，從來沒有人讓他丟下武器的，他瞪大了眼睛看著唐一明，不服地叫道：「大王，俺就是拼了這條命也要把你救出去，你怎麼能輕易就放棄了？」

「呵！你倒是挺忠心的嘛，我數到十，如果你再不丟下手中的武器，我就不會再留你性命了，一個將軍可沒有王爺值錢，而且你也很危險，殺了也是以防萬一！我開始數了……一……二……」俊俏少年開始數道。

唐一明急忙道：「陶豹，我知道你不怕死，我也不怕死，可是識時務者為俊傑，咱們不能就這樣白白地死了，能屈能伸才是頂天立地的大丈夫！你快丟下手中的武器！」

「七……八……九……」

「錚！」

陶豹雖然窩了一肚子火，但是正如唐一明說的，他不能這樣白白地死了，就算死，也要找機會幹掉這個海盜頭子，便恨恨地丟下了手中的破軍寶刀。

破軍順勢落下，掉在孫虎剛才扔掉的鋼刀上，鋼刀瞬間斷成兩截，破軍則硬生生地插入甲板裏，只露出一個刀柄在外面。六個海盜便一撲而上，將繩索套在唐一明、陶豹、孫虎三人的身上，緊緊地將他們捆綁起來。

俊俏少年看到甲板上插著的破軍，眼裏露出一絲異樣的光芒，徑直走過去，使勁將破軍給拔了出來，他伸出手指，想要去試試破軍刀刃的鋒利度。

「小心！這刀很鋒利，只要手指稍微碰一下就會被劃傷的。」唐一明大喝道。

不知為何，唐一明看到少年要去碰破軍，便不自覺地想要去提醒他。

俊俏少年收回手，將刀握在手裏，細細看了以後，誇讚道：「果然是把好刀！」然後走到唐一明面前，質問道：「你為什麼要提醒我？我抓了你，你難道不希望看到我被這把寶刀所傷嗎？」

唐一明在少年靠近時，聞到一股淡淡的清香，這種清香很細膩，不是那種擦了胭脂水粉的香氣，而是處子身上所散發出來的一種自然的清香。

唐一明已經有三個老婆了，三個老婆每個都是處子之身，所以他對女人身上的香氣特別敏感，只要輕輕一聞便能知道。

他仔細打量著眼前的這個俊俏少年，不經意間看到少年的耳垂上有一個細小的穿孔，他會心地笑了。

「你笑什麼？我有什麼值得你笑的嗎？」俊俏少年逼視道。

「沒什麼，我只是想提醒你別把刀弄丟了，這可是把寶刀。對了，大當家的，你叫什麼名字？」唐一明突然問道。

「哈！你們真是孤陋寡聞，出來跑船，居然連我們大當家的名號都不知道？說出來也不怕嚇死你，我們大當家的就是海上黑旋風蘇雷！」一個多嘴的海盜叫道。

「多嘴！」

蘇雷瞪了那個海盜一眼，然後從陶豹的腰裏奪下破軍的刀鞘，將破軍插入刀鞘後，轉過身道：「把他們三個押到『虎鯊』號上去，鎖在船艙裏，你們將這裏打掃一下，有用的全部帶走，將屍體拋進海裏餵魚；如果船還能開，你們就將這幾艘船開走，這麼好的船，我們正需要！」

「是，大當家的！」眾海盜一起喊道。

蘇雷徑直走了，頭也不回地消失在人群中。

幾個海盜用黑布將唐一明、陶豹、孫虎的眼睛蒙起來，推著三人上了虎鯊號，把他們丟進船艙裏，由專人負責看管。

海盜們接著檢查船隻，除了唐一明所在、航行在最前面的那艘被鑿穿之外，其他四艘漢船都還能開。於是海盜們將第一艘船的東西全部移到其他船上，只要能拿的全拿走，就連船上的帆布、木頭都給拆了。

虎鯊號船艙裏，唐一明被黑布蒙著眼睛，周圍是一片黑暗，可是他始終想不通，這個叫蘇雷的女人，為什麼能夠指揮得動那麼多的男人。

「他奶奶的，早知道會遇到這夥強盜，就應該帶著所有海軍前來，老遠就應該對他們狂轟亂炸，還讓他娘的這些臭海盜囂張？大王，俺可從來沒有受過這樣的氣，等俺以後出來了，一定帶著軍隊親自來攻打這些海盜！」陶豹大發牢騷地說道。

「豹哥，你少說兩句吧，你都快成李四哥了，如果再這樣囉唆下去，只怕以後清姐姐也不會理你了！」孫虎不耐地叫道。

「你這小子！楊清對我比以前好很多了，你再烏鴉嘴，看俺不撕爛你這張嘴！」陶豹氣道。

「好了好了，你們兩個，一開始時還好，怎麼現在吵得越來越厲害了？再這樣下去，我只能把你們兩個中的一個調離騎兵團了。都安靜下來，我們都成為階下囚了，你們還鬥嘴？還不如想想怎麼逃跑才是正事！」唐一明教訓兩人道。

霎時間，船艙安靜了下來。

沒多久，三人同時感到一陣晃動，緊接著聽到甲板上出現許多腳步聲，然後是有人吹響了海螺，而大船乘風破浪的聲音也同時傳入三人的耳裏。

第五章

雌雄莫辨

唐一明看蘇雷很是緊張，
顯然那些海盜們並不知道蘇雷是個女子，
而且蘇雷也很怕別人知道的樣子，便道：
「你那麼緊張，是不是怕你的手下知道你是個女人？
只要我現在大喊一聲，
站在外面的人就能知道這個秘密！」

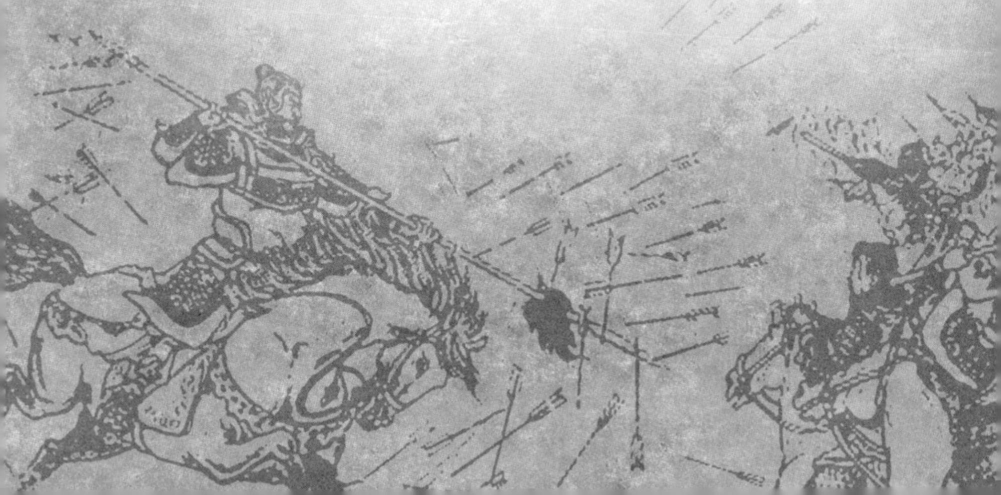

「虎鯊」號的船長室裏，蘇雷正在把玩那把破軍寶刀。

她將寶刀抽出，看到通身發著寒光的破軍，她的臉龐似乎也能感受到一絲涼意，不禁自語道：「果然是把寶刀。」

她將寶刀插入刀鞘，放在桌上，不自覺地想起唐一明來，喃喃地說道：「這個漢王到底是哪裡的漢王？難不成北方又發生什麼變故了？也不知道漢國在哪裡，和晉朝是什麼關係？看來，我該派人到北方去查探一番去。」

「爹，你放心，不管怎麼樣，我都會給你報仇的，還有爺爺的仇，我們蘇家滿門的仇，我都會給你們報的。」

蘇雷長出了一口氣，眼眶裏已經浸滿淚水，不知不覺便掉落了下來，順著臉頰滴淌。

「咚咚咚！」

「誰啊？」蘇雷急忙擦拭掉臉上的淚水，問道。

「大當家的，是我，廉丹！」門外的聲音傳了進來。

「有什麼事嗎？」蘇雷定了定神，操著一副破鑼嗓子似的聲音問道。

廉丹說道：「大當家的，你過來看看吧，這些東西大傢伙兒都沒有見過，不知道是什麼玩意兒。大家都說大當家的見多識廣，所以央求我請大當家的過去看看！」

「哦，還有你廉丹沒有見過的東西？走，瞧瞧去！」

蘇雷順手將破軍繫在腰上，打開房門。

廉丹帶蘇雷到了虎鯊號的甲板上，那裏圍著一圈海盜，都在很好奇地看著甲板上那些黑糊糊的東西。

「大當家到！」

一聲高呼，海盜們紛紛閃到兩邊齊聲道：「參見大當家的！」

蘇雷看到甲板上依次排列著十門大炮和一堆炮彈，也感到很新鮮，不禁走上前去，伸手摸了摸大炮的炮管，又用腳蹬了蹬圓形的炮彈，不住地搖頭。

海盜們看見蘇雷搖頭，便有人沮喪地道：「完了，連大當家的都沒見過，別說我們了，這玩意兒也不知道有什麼用、放在船上是福是禍？」

「閉嘴！這些都是從那個叫漢王的船上弄出來的？」蘇雷盤

問道。

「是的，大當家，漢王的五艘船，有一艘不能開了，我們便把東西全部搬到其他船上，只有這些不知道是什麼東西，所以留在我們虎鯊號上。」廉丹道。

「不管是什麼，總之一定是有用的東西，否則漢王絕對不會拉著它們滿處跑。把這些東西都抬到儲藏間去，讓人好好地看管著，不許人靠近，明白了嗎？」蘇雷吩咐道。

廉丹點點頭，吩咐海盜們搬東西。

蘇雷又瞟了眼大炮和炮彈，對她來說，這些東西確實是見都沒有見過，更別說去用了。不過，她也不傻，雖然不認識，可是她相信有人認識它們。

她走到船長室，叫來兩個海盜，吩咐道：「你們兩個，去把那個叫漢王的人給我帶到這裏來，我要親自審問他！」

「虎鯊」號的船長室坐落在船尾的甲板上，是一間不是很大的密室，沒有窗戶，房間裏只有一張木床，一張木桌，兩張木凳，還有一個櫃子。

海盜去了沒多久，便將唐一明從船艙裏帶了上來。

「大當家的，那個叫漢王的人帶來了！」

「讓他進來，你們都退下！」

「是，大當家！」海盜退出船長室，在船長室門外的甲板上看守著。

唐一明的雙眼還被蒙著黑布，被兩個海盜推到船長室，一進來，便聞到那股女人的香氣，便叫道：「蘇大當家的，既然你要見我，為什麼不解開我眼上的黑布？」

蘇雷坐在凳子上，破軍則放在桌上，破軍的旁邊還放著一把水手刀和一把匕首，牆壁上則掛著一張大弓和一個箭囊，箭囊裏有十幾支箭矢。

「你怎麼知道是我叫你來的，從你進來到現在，我可一句話都沒有說。」蘇雷驚奇地問道。

唐一明呵呵笑道：「你先解開我的眼罩，我再告訴你。」

「少耍嘴皮子，要說就說，不說拉倒。我問你，你船上的那些黑糊糊的圓形鐵傢伙還有那十個帶著輪子的長形圓筒是什麼東西？」蘇雷問道。

「呵呵，我還是那句話，你先解開我的眼罩，我就告訴你。」唐一明嘻皮笑臉地道。

蘇雷站起來，走到唐一明身後，解開了唐一明眼上的黑布，又回去坐了下來，說道：「這下你可以說了嗎？」

唐一明睜開眼睛便看到坐在面前的蘇雷，蘇雷俊俏的面容上沒有一絲瑕疵，膚色白皙，將她的五官襯托得更為俏麗。

「你不請我坐下來嗎？」唐一明問。

沒等蘇雷回答，唐一明便自己坐了下來。

「眼罩也拿掉了，你也坐下來了，可以告訴我了吧？」蘇雷沒好氣地道。

唐一明油嘴滑舌地道：「回答你什麼？是第一個問題，還是第二個問題？」

蘇雷耐著性子，沒好氣地道：「隨便你，你想回答哪一個，就回答哪一個。」

唐一明道：「哦，那我就回答了，姑娘可要……」

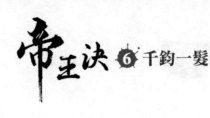

「你說什麼？你瞎喊什麼，誰告訴你我是姑娘的？」

蘇雷臉色大變，立即站起身抽出「破軍」，架在唐一明的脖子上，大聲道。

「呵呵，沒有人告訴我，是我自己看出來的。你好好的女生不做，卻偏偏要幹海盜的勾當，還女扮男裝……」

「這跟你有什麼關係？你……你將這件事都告訴誰了？」蘇雷急忙問道。

唐一明看蘇雷很是緊張，顯然那些海盜們並不知道蘇雷是個女子，而且蘇雷也很怕別人知道的樣子，便道：「你那麼緊張，是不是怕你的手下知道你是個女人？只要我現在大喊一聲，站在外面的人就能知道這個秘密！」

蘇雷臉上一怔，將破軍又往前挪了一點，但見唐一明被刀鋒抵住的脖子已經滲出了一兩滴鮮紅的血。

她怒斥道：「你信不信在你喊出聲之前，我能劃破你的喉嚨?!」

「信，我信，不過這樣一來，你不單會失去一筆錢財，還會和漢國結下仇怨，以漢軍的實力，如果知道是你殺了我，必然會傾全國之兵將你蕩平！」

唐一明筆直地站在那裏，一點也沒有害怕的樣子。

蘇雷略微思索了一下，收起了破軍寶刀，問道：「你老是說漢國，你是漢王，到底漢國在哪裡，我怎麼一點也不知道？」

唐一明凝視著蘇雷，見她有著一張清新的容顏，不施半點脂粉，雪白的肌膚、嫣紅的櫻唇、細細的睫毛，微閉的幽藍星眸中閃著一絲淡淡的煙嵐，與之前他見到的那個高傲又冷峻的海盜頭子完全判若兩人，而且在她的臉頰上還掛著一道極為細小的淚痕。

「你……你哭過？」唐一明好奇地問道。

蘇雷聽了，臉上一紅，又將破軍寶刀架在唐一明的脖子上，怒吼道：「你胡說什麼！你再胡說，我真的要殺你了！」

「那你臉紅什麼？你是個女人，哭了就哭了，幹什麼這樣勉強自己？」唐一明將頭略微朝刀鋒的另一邊偏了一點，淡淡地問道。

「我……我這是被你氣的，快說，你怎麼知道我是女人？漢國又在什麼位置？」蘇雷怒吼道。

「你長得這麼好看，細皮嫩肉的，而且耳朵上還穿有耳洞，不是女人是什麼？你又不是胡人！說你孤陋寡聞，真還一點都不假，連漢國在哪裡都不知道，這也難怪，你每天都忙著在海上搶劫，哪裡有時間去關心這些？漢國就在黃河以南的青州和淮河以北的徐州大地上，是我一手建立起來的。」唐一明自豪地道。

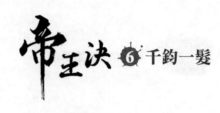

「那裏不是齊國嗎？」蘇雷歪著頭，納悶道。

「齊國？齊國早就被燕國給滅了，後來我又把燕國人打跑，那片地方就成為漢國了。我說，你別老是把刀架在我的脖子上好不好，萬一你不小心把我給弄死了，豈不是一個很大的損失嗎？」唐一明哇哇叫道。

蘇雷收起破軍，將刀插入刀鞘，看著唐一明，見他神態自若，問道：「燕國是鮮卑慕容氏建立的，他們的騎兵很厲害，你真的是從他們手中奪過來那些土地的？」

「我騙你幹什麼？信不信由你！」唐一明不在乎地說道。

蘇雷見唐一明一副老神在在的樣子，便道：「好吧，姑且相信你，反正你在我的手上，諒你也不敢說謊！好了，現在回答我的問題，那些黑色的東西到底是什麼？」

「那是大炮和炮彈，擊沉你們五十艘船的，就是它！」唐一明絲毫不隱瞞地說道。

蘇雷吃驚地道：「有……有那麼厲害？」

唐一明點點頭，道：「很厲害！攻城掠地都可以用它。」

蘇雷聽了，喃喃自語地道：「如果我有這些東西，還愁打不過晉軍嗎？」

「你……你要攻打晉軍？」

唐一明覺得這群人不過是散兵游勇，跟晉軍根本無法比擬，不可思議地道。

「怎麼？不行嗎？快告訴我，這些大炮火力怎麼樣？」蘇雷忙道。

唐一明想了想，道：「教你也可以，不過你要告訴我，你為什麼要攻打晉軍？」

「我憑什麼要告訴你？快說，不說的話，我就殺了你！」蘇雷怒目圓張，恐嚇道。

「你別老拿這個來要脅我，我不怕死。如果你想攻打晉軍，而且立於不敗之地的話，就必須告訴我，你們海盜如此有前途的職業不好好去做，幹什麼要去招惹晉軍？如果我沒有猜錯的話，你們和晉朝的水軍交過手了吧？」唐一明猜測道。

蘇雷道：「你真的能夠幫我們把晉軍打敗嗎？」

「當然，我連鮮卑人都打敗了，這些晉人更是不在話下！」唐一明自吹自擂道。

蘇雷不禁打量起唐一明，見他全身泛著古銅色結實的身板，如劍般斜斜揚起的濃眉下，是高聳的鼻梁和深陷的眼眶，雖然算不上什麼英俊，卻擁有一種讓女人為之瘋狂的男性魅力。

「我才認識他不久，連他的姓名都不知道……」蘇雷心想。

「你……你叫什麼名字？」蘇雷想了半天，開口問道。

「我叫唐一明！」唐一明爽快地回道：「我猜你一定不叫蘇雷吧？」

「你怎麼知道？」蘇雷驚詫地問。

唐一明道：「呵呵，女人不會叫這樣的名字。不過，我對你很好奇，你一個女人，怎麼會統治這麼多彪悍的男人？而且他們對你還言聽計從，似乎一點都不敢違背，還有一點懼怕的樣子。」

蘇雷見唐一明被繩索綁著，覺得他對自己沒有任何威脅，便道：「看你不像個壞人，告訴你也無妨，反正你已經是我的階下囚了；再說，在東南沿海一帶，人人都知道我的事，我也不必隱瞞。」

蘇雷又嘆了口氣，緩緩說道：「我的爺爺、爹爹都死在晉人手上，還有我家裏的許多人都是，所以我要給我爹和爺爺報仇。」

「哦，可是你一個女人怎麼會召集到這麼多人？」

「這個說來話長，我爺爺本來是晉朝的官……總之，晉人為了斬草除根，便下令將我們蘇家滿門抄斬，我爹帶著爺爺的舊部逃竄到海島上……直到前年，我爹帶人攻上海岸，中了晉人的埋伏……後來，我就當了他們的首領，繼承我爹的遺志，和晉人鬥爭到底！」

「你叫什麼名字？」唐一明問道。

「蘇芷菁！」蘇雷答道。

「芷菁？好名字，不過，我還是不明白，外面那些人似乎並不知道你是女人？」唐一明問。

「從我出生到現在，就一直以男孩子的形象出現，所以沒有人知道我是女的，除了我爹娘之外，沒人知道。你……你是第一個看出來的。」

「你爺爺既然是晉朝的官，又為什麼和晉人成了敵人？」

「這個我也不知道，我只知道從我出生到現在，我爹爹就已經跟晉人抗衡了好多年。」

「那你總知道你爺爺的名字吧？」

「嗯，我爺爺叫蘇峻。」

「蘇峻？」唐一明聽了大吃一驚。

蘇峻是東晉前期的大叛臣、繼王敦之後的又一個造反者，沒想到蘇芷菁竟是蘇峻的後代。

唐一明心想：難怪她爹不跟她提她爺爺的事，要是說出來，豈不是很不光彩?!

蘇芷菁看到唐一明吃驚的表情，問道：「怎麼？你聽過我爺爺的名字？」

「我怎麼會認識你爺爺呢？我才多大啊，只不過我聽過你爺爺的名字罷了，只是沒想到他竟然是你的爺爺。」唐一明簡單地一語帶過。

「現在我告訴你了，你總該告訴我大炮怎麼用了吧？」蘇芷菁追問道。

唐一明嘿嘿笑道：「這個很簡單，裝彈、插引線、點燃，就可以了。」

蘇芷菁搖搖頭，表示不懂。

「呵呵，以後我慢慢教你。對了，你手上一共有多少反晉的人？」唐一明想將這些海盜收為己用，即便不能收服，也能結為外援，為以後攻打晉朝時奠定基礎。

「不多，大約有三萬人可以進行作戰，島上還有十萬百姓，都是受到氏族門閥壓迫的百姓，他們因為受不了長期被打壓，便來島上投奔我們了。」蘇芷菁答道。

「三萬，嗯，不多不少，不過也是支力量。我們現在是回你們所在的地方嗎？」唐一明問。

蘇芷菁道：「是的！」

唐一明誠懇地說：「蘇姑娘，我也是反晉的，之所以偽裝成晉朝的商船，就是為了到晉朝刺探情報。有道是敵人的敵人是朋友，我們既然是朋友，你能不能加入我們漢國？大家一起反晉，我有軍隊二十萬，百姓超過百萬，如果有你們的加入，實力上也能有所增長，你說呢？」

「喂！你是我的階下囚，就算要加入，也是你們漢國加入我的才對，憑什麼要我加入你的漢國？」蘇芷菁突然變色道。

「女人真是多變，剛才還和顏悅色的，現在又是一臉怒意！蘇姑娘，你還沒有出嫁吧？」唐一明不客氣地問道。

蘇芷菁臉上一紅，道：「你……你問這個幹什麼？」

「沒事，隨便問問。」唐一明道。

蘇芷菁神色不禁黯然，從出生到現在，她一直以男人的方式要求自己，生怕別人發現自己的女兒之身。

她父親知道自己隨時都有危險，如果沒有子嗣繼承的話，這麼多年的抗爭就會化為虛有，蘇家也會淪為晉人的刀下亡魂，她本來有一個哥哥，卻不幸夭折，雖然她的父親後來再娶，卻沒有生下子嗣，因此將所有希望都寄託在她的身上。

蘇芷菁從小就背負著她爹爹的厚望以及整個蘇家的命運，所以她的童年和別人不一樣，她沒有時間去玩樂，只有苦練武功。長大後，她看到別的女孩穿裙子、抹胭脂，她也很羨慕，可是也只能羨慕罷了，她不能有自己喜歡的人，也絕不能讓自己喜歡上什麼人，她開始變得冷漠。

自從第一次殺人之後，她便變得十分冷酷，對敵人更是毫不留情，也使得她身邊的人都很畏懼她，也成就了她「海上黑旋風」的名聲。

可是誰也不知道，在她冷酷的外表下，卻隱藏著一顆炙熱的心，她渴望能夠過上正常女人的生活，也渴望找到一位如意郎君。直到今天唐一明拆穿她的身分時，她才意識到自己是個女人，潛藏在心底的那種感覺又漸漸地被喚起……

良久，船長室內寂靜無聲，蘇芷菁陷入了深深的沉思當中，一時悲上心頭，覺得她二十多年來藏在心裏的委屈全部翻湧上來，像打翻了五味瓶一樣，酸甜苦辣鹹都有。

唐一明見她動容，也沒有去打擾，只是靜靜地盯著她，看到她堅強的外表被一層層地給撕掉，露出了她本來的面目。

「嗚嗚……」

唐一明做夢也沒有想到，外表看似冷酷無情又身為海盜頭子的蘇芷菁，居然會在他的幾句話下徹底崩潰，哭了出來。

蘇芷菁的哭聲讓人聽得很心碎，面對痛哭不止的蘇芷菁，唐一明不知道該怎麼辦。看著面前這個淚人，他的任何言語都顯得蒼白無力，唯一能做的，就是讓她盡情地哭，痛快地哭。

唐一明想伸手去將蘇芷菁抱在自己的懷裏，好好安慰她一番，可惜他的雙手被捆綁著，無法掙脫。

「唉……」

唐一明站起來，輕嘆一聲，走到蘇芷菁的身後，用綁在背後的手輕輕地拍撫她的背。

蘇芷菁稀裏嘩啦哭過一場後，漸漸地止住哭聲，抬起手擦拭掉臉上掛著的淚珠，定了定神，冷冷對唐一明說：「把你的髒手拿開！滾到一邊去！」

唐一明挪開放在蘇芷菁背上的手，靜靜地走回到凳子前，剛準備坐下，卻見蘇芷菁一腳將凳子給踢翻。他不知道蘇芷菁怎麼了，看向蘇芷菁，卻發現她的眼珠裏佈滿了血絲，怒視著他。

他生氣地說：「你這人怎麼喜怒無常啊，我剛才安慰了你，你還這樣對我，真是狗咬呂洞賓，不識好人心！」

蘇芷菁咆哮著說：「都是你害的，如果不是你，我怎麼會……哼，我的身分你要是敢告訴別人，我一定挖掉你的雙眼，割了你的舌頭，剁掉你的四肢，讓你痛不欲生！」

「你……你怎麼那麼狠毒？不過，你放心，我不會說出去的！」唐一明保證道。

「來人啊，將他押回去，等到了海中洲再行發落！」蘇芷菁大聲喊道。

唐一明又被用黑布蒙上了眼睛，讓兩個海盜將他帶回了暫時關押的船艙，在船艙裏度過了一夜。

第二天中午，幾個海盜闖進船艙，將唐一明、陶豹、孫虎三人推出船艙，三人被海盜們帶上一艘小船，被送到沙灘上。

「喂！這裏是哪裡？」

唐一明踩在沙灘上，耳朵裏聽見許多歡聲笑語，有女人的，有孩子的，還有一些老人的，似乎在歡慶海盜們的凱旋。

「少廢話！問那麼多幹什麼？大當家的沒有殺你們，已經對你們很仁慈了，再囉哩囉嗦的，小心你們的腦袋。」

唐一明沒再說話，在他的印象中，曾聽蘇芷菁提起過一個叫「海中洲」的地名，看來海中洲應該就是這群海盜的棲身之地。

陶豹努力地搖晃幾下身子，試圖掙脫捆綁他的繩子，可是無論他怎麼使勁都無法掙脫，而且越掙脫，感覺繩子在他的身上纏得越緊。

這兩天他一直被這樣捆綁著，心裏窩著老大的火氣，叫道：

「他娘的，你們捆那麼緊幹什麼？俺要撒尿，快點幫我解開繩子！」

「少囉唆，要尿就尿在褲子裏！快走！」

海盜們將唐一明三人推著向前走，也不知道走了多久，將三人推進一個石屋裏，然後聽見關門的聲響，緊接著是鐵鏈的聲音，幾個海盜鎖上門以後，便大搖大擺地走開，去海邊搬運戰利品了。

「陶豹，他們好像走遠了。」唐一明聽到聲音安靜下來，便低聲說道。

孫虎豎起耳朵，除了潺潺的流水聲，也聽不到任何聲音，便說道：「大王，他們好像是真的走遠了。」

「奶奶個熊！俺窩了一肚子的火，俺從來都沒有被人這樣囚禁過！這幫子臭海盜！」陶豹大罵道。

「好了，省省吧。陸地上我不怕他們，可是到了海上，咱們技不如人，我也沒有什麼好說的，只可惜了死去的那四五千兄弟了。」唐一明說道。

「難道就這樣算了？等回到漢國，俺一定要親自帶兵來殺死他們！」陶豹大咧咧地說道。

「那倒不必，這群海盜對我們還有用，以後可能會成為我們的朋友。」唐一明道。

「大王，你不是說胡話吧？這群海盜十分猖獗，怎麼會成為我們的朋友？」陶豹不屑地說道。

「這個就不用你操心了，我自有辦法。陶豹，你的手能動嗎？」唐一明問。

「能動啊，怎麼了？」陶豹好奇道。

「能動就行，你背過去，我低下身子，你用手解開蒙在我眼睛上的黑布，然後我再用同樣的方法解開你們眼睛蒙著的黑布，我們不能一直這樣當瞎子！」唐一明道。

「好！」

陶豹按照唐一明說的，解開了唐一明眼上蒙著的黑布。

黑布一經解開，唐一明睜開眼，被蒙了一整天，只覺光線刺眼，適應了好一會兒後，才看清楚周圍的一切。

這是一間用粗糙岩石搭建的房子，式樣極其簡單，長寬約十米，頭頂就是茅草和一些木板。旁邊上有一個不大的窗口，陽光從窗口射進石屋裏。正前方是一扇木門，透過門縫，唐一明清楚地看見門外被鐵鏈鎖住。

「大王，你看見什麼了？給俺也解開吧！」陶豹叫道。

唐一明解開陶豹和孫虎眼上蒙著的黑布，再解開他們被捆綁的雙手。身上的繩索一被解開，幾人立時感覺輕鬆許多。

陶豹見沒有人把守，四周更是一片寂靜，便大聲道：「大王，俺們殺出去吧！」

唐一明走到窗邊，透過窗口看了看外面的景色，但見這座石屋坐落在一個小山丘上，旁邊有一條彎曲的溪水，周圍是鬱鬱蔥蔥的樹林，卻不見一個人在這裏把守。

「這裏就是海中洲？景色倒是不錯，就是不知道海中洲到底在什麼位置，我們就算逃出這間石屋，也未必能夠逃回漢國。」唐一明沮喪地說。

「大王，這是為什麼？」孫虎和陶豹異口同聲地問道。

唐一明說：「你們會駕駛大船嗎？」

陶豹立即答道：「我會划小船！」

「那有個屁用！這裏叫海中洲，一定是在海裏的某個島嶼，周圍都是海，我們就算駕著小船離開這裏，在海上要是遇到風浪，一個大浪打來就能將我們掀翻。可是大船海盜們一定看管很嚴，就算我們僥倖劫掠了一艘大船，可是那麼大的船，就憑我們三個，怎麼可能駕駛得了？」唐一明質疑道。

陶豹臉色拉得老長，問道：「那怎麼辦？難不成俺們真的要在這裏當俘虜？等著軍師他們用錢來換嗎？」

「只好走一步算一步吧！」唐一明嘆了口氣道。

「大王，有人來了！」孫虎在門縫看到山丘下來了一隊人，急忙喊道。

唐一明透過門縫一看，果然有人來了，領頭的不是別人，正是海盜頭子蘇芷菁。

蘇芷菁身上罩著一身薄甲，腰中繫著那把破軍寶刀，身後帶著四個彪悍的海盜，正大搖大擺地朝石屋這邊而來。

「來得正好，我正愁找不到她呢，陶豹，一會兒門一開，你就將蘇……蘇雷制住，這裏的海盜雖然彪悍，卻不是你的對手，我和孫虎對付那幾個海盜。」唐一明吩咐道。

陶豹擼起袖子，露出粗壯的手臂來，道：「大王，放心吧，這次我要殺了他，以解我心頭之恨！」

「不！我只是讓你制伏她，不是讓你殺了她，如果殺了她的話，那些海盜就會群起而攻之，我們就回不去了！」唐一明趕緊說道。

陶豹點點頭，道：「哦，知道了！」

三個人躲在門後，等著蘇芷菁的到來。

不多時，蘇芷菁到了石屋門口，對身後的海盜吩咐道：「把門打開！」

一個海盜應聲將鎖打開，然後解去門上的鐵索，推開了房門。

房門被推開的一剎那，海盜們和蘇芷菁都傻眼了，石屋的地上掉落著三塊黑布，三條繩索，卻不見人影。

「怎麼會這樣？人呢？」蘇芷菁對打開房門的海盜喊道。

那個海盜也一頭霧水，支支吾吾地說：「大當家的，這……剛才他們還在的，就這麼會兒工夫，怎麼會不見了呢？」

「還不快去找！」蘇芷菁氣得跺了一下腳，吼道。

四個海盜「諾」了一聲，便急忙四散開來，紛紛下了山丘。

蘇芷菁轉過身子，看了看山丘下面，突然想到什麼，便衝幾個海盜大叫道：「回來！他們還在屋裏！」

突然，石屋內閃出一個身影，張開雙臂便撲向背朝石屋的蘇芷菁。

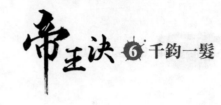

第六章

海中洲

走出山丘，轉過一片林子，
但見遠處阡陌縱橫，田埂下面是一塊塊水稻田，
稻田裏一片綠油油的水稻，連綿出去好遠。
「這裏是……這裏就是海中洲？」
唐一明吃了一驚，問道。
蘇芷菁道：「不錯，這裏就是海中洲！」

蘇芷菁剛轉過臉，赫然看見唐一明朝自己撲來，手中的刀剛拔出一半，便被唐一明給抱住，兩人順勢朝山丘翻滾而下。

與此同時，陶豹和孫虎閃了出來。陶豹從地上撿起鐵鏈，揮舞著衝下了山丘。四個海盜見了，紛紛抽出身上佩戴著的水手刀，朝山丘上衝來，卻看見唐一明和蘇芷菁正朝下翻滾，他們不敢亂動，生怕傷了蘇芷菁。

「砰！」一聲巨響，鮮血濺出。

一根鐵鏈從空中揮來，砸中了一個海盜的腦袋，那名海盜轟然倒地，腦漿迸裂而出，立刻便一命嗚呼了。孫虎飛起一腳踹向另一個海盜，順勢撿起死在地上那名海盜手中的刀，掄起明晃晃的刀便是一番亂砍。

陶豹揮動著鐵鏈將第三個海盜牢牢纏住，然後拽著剩下的一截鐵鏈，纏在那名海盜的脖子上，用力一勒，將那名海盜給勒死。

唐一明緊緊地抱著蘇芷菁，和蘇芷菁翻滾到山丘下，身體壓在蘇芷菁的身上，頭上衣服上都是泥灰。

「你……你鬆開我！」蘇芷菁想要掙脫，卻沒有掙脫掉，不禁大叫道。

唐一明嘿嘿一笑：「鬆開你？要是鬆開了你，我還有逃跑的機會嗎？」

「你不鬆開我，一樣跑不掉！」

蘇芷菁又試圖掙扎了一下，仍然沒有辦法掙脫，她的雙腿也被唐一明用身體牢牢地分開，無論怎麼用力都無法掙脫。

陶豹和孫虎解決完那四個海盜，迅速來到山丘下時，看到唐一明和蘇芷菁抱在一起，不禁傻眼。

陶豹眨巴著眼睛，愣道：「虎子，他們在幹什麼？」

孫虎看了，也覺得好笑，撲哧一聲笑出來，說：「如果這海盜頭子是個女人的話，倒是有一番看頭！」

蘇芷菁雖已成年，對男女之事卻不是很清楚，此時她也覺得很彆扭，一邊掙扎著，還不停地叫著：「快放開我，放開我！」

唐一明斜眼看見陶豹和孫虎站在一旁，大聲喊道：「你們還站在那裏幹什麼？還不趕快過來將她給我綁了！」

陶豹、孫虎恍然大悟，急忙跑回山丘上，從石屋裏拿來繩索，然後將蘇芷菁給綁住。

唐一明長出了一口氣，道：「大當家的，委屈你了！」

陶豹急忙將蘇芷菁腰中繫著的破軍給取下，歡喜地說道：「太好了，老夥計，你又回到我的手裏了！」

「大王，現在我們怎麼辦？」孫虎看看四周，見沒有一點動靜，忙問道。

「那就要看這位大當家的肯不肯幫忙了！」唐一明看向蘇芷菁道。

「你要我怎麼幫你？」蘇芷菁冷冷地問道。

「你搶來的東西就暫時歸你了，不過，你要跟我到漢國走一遭。」唐一明道。

「我不去！你放了我，我給你一條船，不派人追你們，你們回去好了，贖金我也不要了！」蘇芷菁說道。

「說得倒是輕巧，放了你，以你的性格，你還會放了我嗎？有你在手裏，那些人都不敢動，叫他們幹什麼就幹什麼。你抓我一次，我也抓你一次，大家算是扯平了，不過請你跟我回漢國小住一段時間。你放心，我才不會像你這樣對我呢！」唐一明道。

「你以為你拿住我就能威脅他們嗎？」蘇芷菁反問道。

唐一明壞笑著，伸出手摸了一下蘇芷菁的臉蛋說道：「不試試怎麼知道？」

蘇芷菁一扭臉，大罵道：「你無恥！」

「我無恥？我無恥起來你還沒有見過呢！既然你不肯合作，那就別怪我不客氣了，走！」唐一明臉色一變，從地上撿起一把水手刀，使勁推了蘇芷菁一下，朝前走了出去。

走出山丘，轉過一片林子，但見遠處阡陌縱橫，一個又一個的田埂下面是一塊塊水稻田，稻田裏一片綠油油的水稻，連綿出去好遠。

「這裏是……這裏就是海中洲？」唐一明吃了一驚，問道。

蘇芷菁道：「不錯，這裏就是海中洲！」

「真沒想到大海裏還有這樣一片地方。」唐一明不可思議地道。

向前遠眺，稻田下有一排排的民房，有許多人影在活動。

「走，帶我們去海邊！」唐一明命令道。

「你還是快放了我，趁這會兒沒有人，你放了我，我還能放你一條生路，如果你真的把我帶到眾人面前，只怕你我都會成為刀下亡魂！」蘇芷菁越往前走越害怕，似乎有什麼難言之隱。

「你說什麼？你難道不是他們的大當家的？」唐一明質問道。

「你不明白，這裏面的事情很複雜……總之，你放了我，我就放你們走，我說話算話。」蘇芷菁欲言又止地說。

「複雜？難道海盜中有什麼內訌？還是有人覬覦大當家的位置，想加害於她？如果真是這樣的話，那不僅我走不掉，還間接害了她。」唐一明腦中想道。

「你跟我說實話，你到底有什麼難處，如果可以的話，我願意幫你解決你的難處！只要你肯合作，放我們回去，我絕不會為難你。」唐一明道。

蘇芷菁嘆了口氣，環顧一下四周，無奈地說道：「這裏太明顯了，站在這裏極易引起其他人的注意，去那邊，我就告訴你。」

唐一明將蘇芷菁帶到前面那片林子裏，然後說：「你說吧！」

蘇芷菁嘆道：「自從我爹死後，我便當上了大當家的，可是一直覬覦此位的，還有我的叔父。我的叔父握有重兵，許多部下都心向著他，他也一直想殺了我，若不是我夠小心，早就死了。」

「果然如此。那你為什麼不殺了你的叔父？」唐一明不解道。

蘇芷菁面露苦色，道：「我倒是很想殺他，可惜他不住在海中洲，他住在南部的黃公島上，島上都是他的親信，戒備森嚴，我根本無法調度。我有三萬部下，其中一萬是我叔父的，剩下兩萬人中，只有少數幾千人是向著我的，如果你真的把我這樣推出去，只怕那些向著我叔父的部下就會趁亂動手，將你和我一起殺死，然後去黃公島迎接我叔父。」

唐一明想了想，覺得家家有本難念的經，晉朝裏有晉朝裏的危機，燕國有燕國的危機，沒想到這些海盜也有自己的問題。他本以為只要娶了蘇芷菁便能收服這些海盜，現在看來，事情並沒有那麼簡單。

他覺得這或許是個機會，如果能幫蘇芷菁平定她的叔父，也許就會使蘇芷菁對他另眼相看，然後他再提出收編的事也就合情合理了。便對蘇芷菁說道：「大當家的，如果我能夠幫你殺了你叔父，你是否願意聽我的計策？」

一直以來，這件事一直都困擾著蘇芷菁，使得她雖然榮登大位，卻是如履薄冰，因而一聽到唐一明如此說，臉上現出喜色，道：「你真的有辦法幫我除去我叔父？」

唐一明點點頭，道：「那當然，只要你信得過我，一切都聽我的安排，我保證在五天之內可以除去你的叔父，讓你真正地成為大當家的。」

「太好了……不過，你為什麼要幫我？」蘇芷菁納悶地道。

「我說過，我和你一樣，都是反晉的，敵人的敵人便是朋友，我把你當朋友，也希望你把我當朋友，以後要是有什麼事的話，我們彼此也能有個照應。我的軍隊在陸地上厲害，你的人在海上厲害，我們如果一起進攻晉朝的話，必然能使晉朝首尾不能相顧，你覺得怎麼樣？」唐一明道。

蘇芷菁眨了下眼，說：「你想和我成為盟友？」

「算是吧，不知道你意下如何？」唐一明道。

蘇芷菁想了想道：「好吧，如果你真的幫我殺了我叔父，我就和你結盟！」

「呵呵，如此最好！」

唐一明邊說邊解開了蘇芷菁身上的繩子。陶豹、孫虎看見兩人從仇人變成朋友如此戲劇化的一幕，都感到十分意外。

蘇芷菁看了眼唐一明，見他談笑風生，心中不知不覺對他有了點好感，便報以微笑，說道：「既然你肯幫我，你就是我的好兄弟了，你們跟我來，到我住的地方去商量吧。」

唐一明點點頭，道：「嗯，請大當家的在前面帶路吧！」

經過阡陌的水稻田，又過了一座獨木橋，唐一明三人便在蘇芷菁的帶領下，來到海盜生活的地方。

海盜的住宅區和農田被一條不大的水溝隔開，男女老少見到蘇芷菁時，都畢恭畢敬地閃到兩邊，讓出路來。

一排排別有韻味的房屋座落在坡度較小的山坡上，轉過幾個彎，蘇芷菁進入一個不大的院子，院子與其他房屋沒有什麼不同，只是多了一道圍牆，有幾個壯漢看守而已。

唐一明跟著蘇芷菁走進房間，房裏的陳設並不華麗，牆上掛著用金銀各色絲線繡的帳幔，是一幅狩獵圖，床上鋪著一塊同樣圖案的綢被，四周圍掛著紫色的蚊帳，一張桌子擺放在正中，桌子下面是幾張凳子。

「你就住在這裏嗎？」唐一明問。

蘇芷菁點點頭，道：「不然我要住在哪裡？」

「這些帳幔是你繡的嗎？」唐一明指著那些狩獵圖說道。

蘇芷菁搖搖頭，道：「我不會繡，是我娘繡的。你們坐下吧，我想聽聽你要怎麼除去我的叔父。」

唐一明也不客氣，一屁股坐在凳子上，並且對陶豹和孫虎說道：「你們也坐！」

四人坐定之後，蘇芷菁用好奇的目光打量著唐一明，道：「漢王，你有什麼話就請說吧，外面都是我的親隨，有他們把守在外面，是不會有問題的。」

唐一明點點頭，道：「其實，除去你的叔父並不難，只要你肯聽我的，一切都能很輕易地搞定。」

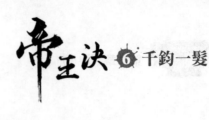

「你說吧，我聽你的就是了。」蘇芷菁道。

「以退為進，將你的叔父誆騙到島上來，只要他來了，一切就能很輕鬆地搞定！」唐一明胸有成竹地道。

蘇芷菁不解地問道：「怎麼樣的以退為進？」

「你叔父不是想當大當家的嗎？那你就讓他當。我猜他之所以不敢明目張膽地來，就是不確定殺了你之後，會不會有人反對他。只要你肯讓出這個位置，他必定會欣然而來。」唐一明道。

蘇芷菁沒有說話，思慮良久之後，才說道：「這就是你給我出的主意？」

「對，你假意想讓，並且設下埋伏，然後以你叔父謀反為名擒殺之，如此一來，事情豈不是很簡單了嗎？」唐一明輕鬆地說道。

蘇芷菁考慮了一會兒，終於下定決心道：「好，我聽你的，我這就派人去請我叔父。」

商量完畢，唐一明進一步向蘇芷菁說明細節，蘇芷菁言聽計從，準備得十分妥當。

兩日後，海面上駛來一艘大船，從船上下來百餘人，在一個老者的帶領下，徑直走上了岸，來到蘇芷菁設宴款待的一個院落。

院落裏，蘇芷菁命人擺設了好酒好肉，身後站著唐一明，正靜靜地等候在那裏。

不多時，老者帶著兩名親隨走進院裏，一進門，便滿臉笑意地說道：「雷兒，好久不見，最近好嗎？」

唐一明的打扮和島上的海盜們差不多，脫去原來的衣服，喬裝成一個海盜，畢恭畢敬地站在蘇芷菁的背後。

他打量了一下蘇芷菁的叔父蘇倫，見他年約五十歲，鬢髮花白，身軀壯實，但是因發胖，臉上的輪廓與體形都往圓的方向發展，但腰板還是十分挺直，看得出年輕時是個出色的武士。

蘇芷菁見蘇倫來了，當即拱手道：「多謝叔父關心，我一向都好。叔父，請坐吧！」

蘇倫也毫不客氣，當下便坐了下來，看到滿桌子的酒菜，便呵呵笑道：「雷兒，你派廉丹前來告訴我，說是有要事相商，不知道你所說的要事可否當真？」

蘇芷菁道：「我自從擔任大當家的以來，總覺得十分吃力，本來以前就想找叔父來的，可是一直忙於和晉軍糾纏，就沒顧得上。前些日子，我劫掠了五艘漢國的商船，想必叔父也聽說了，漢國是個新興的國家，擊敗了鮮卑人的燕國，擁有帶甲之士二十萬，我怕他們前來尋仇的時候我抵禦不了，左思右想之下，這才想到了叔父。叔父久經戰陣，英勇不凡，除了讓位於叔父之外，我想不出其他的辦法了。」

「哈哈，沒想到你那麼快就想通了。雷兒啊，你還年輕，還需要歷練歷練，咱們都是一家人，這個大當家的位子，叔父就先替你坐著，等叔父百年之後，這個位置還是你的。」蘇倫兩眼閃著光說道。

蘇芷菁欠身說道：「叔父說的是。叔父，我最近得到一口寶刀，削鐵如泥，正好獻給叔父。」

「哦，雷兒，你真是知道叔父的心思啊，叔父最喜歡寶刀了。寶刀在哪裡？」蘇倫興奮地道。

「寶刀在這！」陶豹突然從一旁閃了出來，並且大叫道。

蘇倫滿心歡喜地轉過頭，赫然卻看見一個醜陋的漢子舉著明晃晃的刀，大吃一驚，目光中滿是驚恐，還沒有來得及喊叫，頭便被砍了下來，鮮血從脖頸間噴湧而出，弄得酒桌上的酒菜都沾滿了血污。

蘇倫身邊跟來的漢子大驚失色，還沒動彈，便聽蘇芷菁朗聲叫道：「誰敢亂動？蘇倫蓄意謀反，罪只在他一個人身上，與你們無關，誰要是敢反抗，罪同蘇倫。」

跟著蘇倫一起來的海盜們都不敢動了，臉上露出驚怖之色。

就在這時，廉丹從院子外面走了進來，見到蘇芷菁，便拜了拜，道：「大當家的，與蘇倫一起來的人都已經被抓起來了，等候大當家的發落。」

蘇芷菁聽了道：「很好，將他們暫時關押起來。廉丹，按照原計劃進行，務必要將黃公島上的蘇定給擊敗，我只要死屍，不要活人！」

廉丹臉上大喜道：「大當家的，你早就該對他們下手了，可恨的蘇定，這次我要讓他們死無葬身之地！」

「快去吧，將那四艘帶大炮的船開走！」蘇芷菁令道。

廉丹重重地點頭說道：「大當家的放心，今日傍晚，我就將蘇定的人頭提回來。」

蘇芷菁見廉丹走了，轉過身子對唐一明說道：「漢王，謝謝你，自從我爹死後，蘇倫就一直欺凌我們海中洲的人，這次總算是解恨了！」

唐一明呵呵笑道：「舉手之勞而已。」

他給蘇芷菁出了一個釜底抽薪的計策，先是派人將蘇倫騙過來，把他殺了以後，然後再動用大軍去攻打黃公島。

蘇芷菁笑了笑，讓手下的人將院落中的屍體清理掉，重新換了一桌新鮮的酒菜，和唐一明一起暢飲。

夕陽西下的時候，廉丹手裏提著一顆血淋淋的人頭回來了，他順利完成蘇芷菁交給他的任務，平定了黃公島上不聽話的海盜。

當廉丹將蘇定的人頭扔到地上的時候，蘇芷菁感到從未有過的輕鬆。她站起來，用腳踩在蘇定的人頭上，得意地笑了起來。

「廉丹，其他的事都辦妥了嗎？」蘇芷菁止住笑聲，問。

廉丹回道：「報告大當家的，蘇倫全家一個不留，全部斬首示眾，其餘的人都歸順了大當家的，願意從此以後聽候大當家的差遣。」

蘇芷菁「嗯」了聲，擺擺手，廉丹便出去了。

唐一明看到蘇芷菁的反應，不知道是該喜還是該憂，他看到面前這個可稱得上是天香國色的美女，卻在她身上感受到一種殺人不眨眼的毒辣。

然而，他又有些同情她，一個女人竟要承受這樣的壓力，換在誰的身上，在這種處境下，心腸也會變得硬如磐石吧。看著地上蘇定的人頭，他不禁輕嘆了口氣。

「你是不是覺得我太狠了？」蘇芷菁似乎覺察到唐一明的內心變化，質問道。

唐一明沒有回答。

「我這樣做也是逼不得已的，如果我不殺了蘇倫全家，他們就會反過來殺我；這兩年，我一直過的是提心吊膽的日子，直到今天，我才感到自己身上突然少了許多壓力，整個人都輕鬆多了。」

蘇芷菁為自己辯解道。

唐一明聽了道：「這兩天我和島上的人多有接觸，聽說他們很害怕你，雖然表面上對你很恭順，可是內心裏卻很害怕，背地裏都叫你女魔頭。你難道真的想這樣過下去嗎？」

蘇芷菁環顧了一下四周，擺擺手摒退了左右，對唐一明說道：「你跟我來。」

唐一明見蘇芷菁摒退左右，便對陶豹和孫虎說道：「你們到門口等我！」

唐一明跟著進了房間，此時房間裏略顯昏暗，蘇芷菁點著了蠟燭，將房間裏照得亮堂起來。

「漢王，我知道，你幫助我絕對是有目的的，這裏沒有外人，就只有我們兩個，你有什麼目的就請說吧！」蘇芷菁坐在床上淡淡地說道。

「那我就直說了。我幫你，其實也是在幫自己，你們常年在海上行走，對於水戰一定很精通，漢國缺少一支真正的水軍，我想讓你們隨我到漢國去！」唐一明直截了當地說道。

「哈哈哈！和我猜想的一樣，這兩天和你在一起，讓我懂得了許多。我從小就背負起這份重擔，一直壓得我喘不過氣來；這些年來，我從沒有和人說過這麼多的話，你是第一個。漢王，如果我不答應的話，你會怎麼做？」蘇芷菁問道。

「我知道這個要求看似荒唐，可是我是真心希望你們能加入漢國，漢國的土地雖然不是很寬廣，但是再多個七八十萬人也還是能夠裝得下的。這兩天我仔細觀察過海中洲的地形，這裏並不適合屯駐那麼多人，而且靠近晉朝，一旦晉朝水軍大批殺來，遭殃的還是百姓。島上的居民都嚮往一個安定的環境，而漢國現在正好具備這個環境，我保證兩年之內，絕對不會出現任何戰爭。」唐一明緩緩說道。

「你說的都是真的嗎？」蘇芷菁半信半疑地道。

「我不會騙你的。我既然把你當朋友，就絕不會騙你。蘇姑娘，你要是願意將你的百姓和軍隊遷到漢國，自然有人去管理他們，農耕種植，參軍打仗，都有完整的規劃，你也不用再帶著他們在海上搶劫了。不僅如此，你還可以恢復女兒身，找個如意郎君，成雙成對，豈不是很好嗎？」唐一明進一步勸道。

蘇芷菁沒有立即作出答覆，說道：「這樣吧，你先回去，讓我好好想想，我明天給你答覆。」

唐一明也不逼她，點點頭道：「蘇姑娘，我知道其實你是個心地善良的人，你外表看起來冷酷，只不過是一種掩飾罷了，我希望你能為了跟著你的十幾萬百姓想想，也為你自己的將來想想。」

蘇芷菁沒有說話，坐在那裏陷入了沉思。

唐一明見蘇芷菁若有所思的樣子，便道：「蘇姑娘，你慢慢想，我先告退了。」

在海的上空，小星星一顆接著一顆亮了起來，像珍珠般點綴著天鵝絨一般的南方天空。

夜晚很美，唐一明獨自一人坐在海邊，看著四周的漁火，不禁將自己置身在這天地之間。

在島上的這幾日，他遍覽地形，雖然沒有地圖，但是據他打聽到的關於海中洲的訊息。綜合起來之後，唐一明斷定他所在的島嶼，應該就是現代的舟山群島。

他躺了下來，將雙手枕在頭下，看著夜空，腦海裏浮現出三個老婆的身影和兩個可愛的孩子來。不知道怎麼了，他今夜竟然如此思念他的老婆和孩子，也許是當了父親的緣故。

他輕輕地閉上眼，仔細地聆聽著周圍的一切，吹著微微的海風，只覺得此刻愜意無比。如果能讓他摟著自己的老婆，或是抱著寶貝的孩子，那就是最完美的畫面了！

「原來你在這裏啊！可讓我一陣好找！」一個銀鈴般的聲音從唐一明的背後傳了過來。

唐一明從未聽見過如此動聽的聲音，睜開眼睛，坐起身子，扭過頭，看見了一個讓他窒息的女子。

那女子身著一身紫色的紗裙，黑髮如瀑，柔滑潤澤，秀氣柳眉下的雙瞳，在夜色的襯托下竟然是墨綠色的，深邃而神秘，像一個強大的磁場，每一個細微的眼神都帶動起蕩漾的魅力，不經意間一波波地擴散而出，衝擊著他的心靈。

她的櫻桃小嘴粉紅鮮嫩，微微翹起，那種神態蘊涵著說不清、道不明的複雜含義，彷彿孩子得到玩具時的歡喜，又似少女與情人相見時的嬌嗔，更像是新娘出嫁時的羞赧……

千百種美姿妙態盡在其中，嬌而不妖，豔而不俗，簡直就是上帝精心製作的完美藝術品。唐一明敢說，世界上最頂尖的模特兒，在她面前都會黯然失色，甚至不由自主地深深妒忌，自慚形穢。

她性感的胴體是那麼的熱力四射，幾乎可以在瞬息點燃每個男人心中的火焰；更要命的是她充滿挑戰性的眼神，驕傲，自信，似乎世間的一切都不放在心上那樣。配上她散發著難以抗拒誘惑力的身體，構成了一種異常獨特的魅力。

只要是正常的男人，都會立刻產生征服她的欲望，那將是無與倫比的成就，畢生的榮耀。用言語已不能形容這女子美豔的萬分之一；或許應該說，她根本就不存在於世間，只有地獄中的魔女才可能擁有這種令人心甘墮落的魅力。

唐一明愣在那裏，目瞪口呆，支支吾吾地說道：「你……好美……」

女子清了清嗓子，用一種十分渾厚的聲音說道：「漢王，這才小別一會兒，你就不認識我了？」

「蘇……蘇姑娘？」

黑暗中唐一明未能辨別出來，加之蘇芷菁現在一身女人打扮，脫去了鎧甲和男兒裝的她，任誰也無法想像她穿女裝竟然會美到如此地步。

蘇芷菁走到唐一明的身邊，緩緩地坐了下來，長裙覆蓋住她修長的雙腿，她衝唐一明笑了笑，說道：「漢王，我想好了，你說的很對，我應該做回我自己，應該讓島上的人都過上安定的日子。」

「你……你是說，你願意加入漢國？」唐一明驚喜地道。

蘇芷菁點點頭，一改往日的冷漠表情，臉上揚起一抹開心的笑容，對唐一明說道：「這不正是你所希望的嗎？」

唐一明哈哈笑了起來，說道：「太好了，你能如此想，實在是太好了，我本來還以為你不會答應呢，既然你答應了，那麼咱們這兩天就動身吧，將島上所有的人都遷徙到漢國。」

蘇芷菁「嗯」了一聲，面帶羞澀地垂下頭，輕輕地問道：「漢王，我真的很美嗎？」

唐一明重重地點了點頭，立刻舉起右手，仰望月空，端正身子，朗聲喊道：「我唐一明對天發誓，我所說的每一句話都句句屬實，蘇姑娘不但很美，而且美得無法形容，是我有生以來見過的最美麗的女人……」

「好了，你這人怎麼這樣啊，動不動就發誓，我又沒有讓你發誓，只是問你一個問題罷了。」蘇芷菁嬌聲說道。

唐一明扭過頭，看到坐在他身邊的蘇芷菁，只覺得她身上女人的氣息正在一點一點地散發出來，原本那種冷漠無情，都在這皎潔的月光下慢慢散去。

他深深地吸了口氣，聞到她身上那股醉人、不施粉黛的體香，不禁怦然心動，有一種想去抱她、吻她的衝動。

他輕輕地閉上眼睛，憧憬著那種畫面，腦袋不覺地一點一點在向她靠近。

「漢……」

蘇芷菁猛然轉過頭來，不想剛說出一個字，便碰到了唐一明的鼻子，雖然只是輕輕地一下觸碰，她的身上彷彿感受到一股強烈的電流，貫穿全身，激起她身上酥麻的感覺。

唐一明被觸碰了一下，睜開眼睛，發現蘇芷菁近在咫尺，看著蘇芷菁大大的眼睛裏目光流動，在這一刻，他再也無法控制自己，一把將蘇芷菁抱在懷裏，用嘴唇堵住了欲要說話的蘇芷菁。

蘇芷菁嚇了一跳，完全沒有心理準備，更不知道唐一明會突然做出此種動作，一時間竟愣在那裏，手足無措，雙手撐在地上，緊緊地抓著地上的沙子，感受到一種前所未有、十分美妙的感覺。

只這一刻的靜默，便使得唐一明越發的得寸進尺起來，蘇芷菁只感到一條軟軟、濕滑的舌頭將她的嘴唇撬開，不經意地滑到她的嘴裏，在她還沒有反應過來的時候，她的舌頭便被唐一明勾住，緊緊地纏在了一起。

皎潔的月光，輕輕的海風，淡淡的海波，在這一刻，世界彷彿靜止一般，烘托出了這醉人的夜景。酥麻的感覺越來越強烈，蘇芷菁喜歡上這種感覺，她也輕輕地閉上雙眼，去感受著這種前所未有的美妙。

不一會兒，她感覺到唐一明的手指在她的背上游走……全身感到一個激靈，身體開始微微地發顫，她的呼吸也漸漸地變得急促起來……

突然，蘇芷菁一把推開了唐一明，臉上羞紅萬分，眼睛也不敢直視唐一明，站起身來直接跑開了。

紫色的人影漸漸地消失在海邊，消失在夜色裏。沙灘上，只留下了唐一明一人傻傻地坐在那裏，看著消失的美人，自言自語地說道：「不行，我要乘勝追擊！」

唐一明急忙站起來，追了上去。

蘇芷菁跑到海島的後山，在一處高崖下停了下來，撥開高高的雜草，崖壁上呈現出一個山洞，這裏是她的秘密之處，也是她扮成女人的地方。

她進入山洞，點亮火把，火光將山洞照得十分明亮，周圍的一切一目了然。山洞不大，卻很精緻，到處掛著紫色的幔帳，還有一張用野獸皮毛鋪墊的大床。

蘇芷菁帶著一顆狂跳不已的心，也帶著女人應有的矜持，坐在床上，臉上依舊羞紅，雙手開始擺弄著自己的裙擺，目光漫無目的地看著，自言自語地說道：「難道這種感覺……就是那些女人口中說的男歡女愛嗎？」

她徑直站了起來，走到離床不遠的一個水池邊，蹲下身子，看著水中的倒影，用手輕輕地觸碰了一下發燙的臉蛋，說道：「為什麼我會有這麼奇怪的感覺？我的臉好燙，我的心跳得也很快，為什麼會這樣？」

唐一明從海邊一直跟著蘇芷菁，雖然夜色濃密，但是在皎潔的月光下，他還是能夠看見蘇芷菁的身影，便一路跟著她來到這個山洞，聽到蘇芷菁的喃喃自語，再也按捺不住，快步地衝了進去，來到蘇芷菁的面前。

蘇芷菁吃驚地道：「你……你怎麼……」

話還沒有說話，唐一明便一把將蘇芷菁抱在懷裏，不讓蘇芷菁有任何掙脫的機會，在她的耳邊輕輕說道：「我喜歡你，我要娶你！」

蘇芷菁驚呆了，蘇芷菁雖然是女人，可是她從來沒有讓人知道她的真實性別，在唐一明第一次揭穿她的時候，她對唐一明就另眼相看了。之後，唐一明幫助她平定了蘇倫，她對他的好感也與日俱增。直到剛才，唐一明說要娶她的那一瞬間，她突然感到自己再也克制不住內心的火熱，無法抑制自己渴望成為女人的強烈意念。

蘇芷菁輕輕地依偎在唐一明的懷裏，淡淡地說道：「從今以後，我就是你的女人了。」

第七章

圍魏救趙

王猛道：「桓溫命令羅友率領荊襄之兵沿漢水而上，
又令其弟桓沖在益州秣馬厲兵，
看來是準備趁著秦國滅亡之際進取關中之地。
慕容恪知道燕軍太過疲憊，肯定會避而不戰，
他之所以調集兵馬到中原，無非是想圍魏救趙罷了。」

第二天早上，當蘇芷菁醒來的時候，看到身邊躺著的唐一明，又想起昨晚的事情，讓剛剛成為女人的她感到十分的滿足，露出了幸福的笑容。

三天後，唐一明、蘇芷菁帶著大大小小的船隻，一共兩千多艘，載滿了海中洲的百姓，裝滿了貨物，揚帆起航，向屹立在青州和徐州大地上的漢國而去。

海中洲十幾萬居民的加入，無疑使得唐一明的實力增加了不少，而且兩萬多海盜也同時編成海軍，全部交給廉丹治理。

海中洲的百姓都習慣於在海邊生活，為此，唐一明特地讓海中洲百姓就地居住在東萊郡黃縣，並且派遣王凱擔任縣令，好好地治理這十幾萬人。

與此同時，唐一明也對外公佈了蘇芷菁的真實性別，雖然讓海中洲的百姓有點吃驚，但是他們畢竟在一起生活那麼多年了，又搬來漢國這個略為安定的地方，便都一笑了之，也對蘇芷菁十分的佩服。

十天後，唐一明回到廣固城的漢王府。

唐一明帶著蘇芷菁參觀完漢王府後，簡單地用過晚飯之後便回房了。

他走訪三個老婆後，來到蘇芷菁的房間，將她攬在懷裏，斜倚在床上，嗅著她身上散發的香氣，問道：

「芷菁，你喜歡這裏嗎？」

蘇芷菁搖搖頭，道：「說實話，不是很喜歡。」

「為什麼？」唐一明好奇地問道。

蘇芷菁道：「這裏太冷清，一點都不熱鬧，而且，這裏也看不見海，不能經常在海上航行。如果讓我住在這裏，只怕我會憋出病來的。老公，我想回到海邊，回到船上。」

「可是……可是我們剛回到這裏啊，這樣吧，等再過一段時間，咱們再到海邊，我讓人在海邊專門給你修建一個樓閣，等樓閣建好，我就帶你去海邊，好嗎？」唐一明安撫道。

「不，我知道這裏的情況並不怎麼好，我不要你為我去建那些樓閣，我只要身邊有你就夠了。」蘇芷菁拒絕了。

唐一明感動地說道：「知我者，芷菁也！靈秀快生了，等靈秀生了孩子，我們再在這裏住上一兩個月，我就帶你去海邊。我知道你喜歡海上，喜歡待在海邊，我以後會經常帶你去的。這樣可以嗎？」

蘇芷菁點點頭，雙手環住唐一明的腰身，將自己的臉蛋貼在唐一明的胸口上，甜蜜地說道：「老公，你真好！」

幾天後，慕容靈秀為唐一明生下一個兒子，唐一明為其取名為唐琳，並將此事寫成了國書，派人送到燕國。

又過了幾天，唐一明正式迎娶蘇芷菁，並且封廉丹為海軍大將，負責在沿海練習海軍，將所有海軍全部交到廉丹的手中，將劉三換回駐守泰山。

唐一明和王猛又制定了兩年免稅的國策，將土地公平地分給各地的百姓，讓他們耕種。另外，唐一明大力發展鋼鐵和煤礦工業，在漢國境內找尋煤礦，建立煉鋼爐，將煉鋼的技術推廣，並且製造出許多農器。兵工廠也擴大了一倍，生產能力大為增加，同時經由唐一明的指示，研發出類似手榴彈那種適合步軍作戰用的小型炮彈。

漢國和晉朝開始正式通商，大船裝載著炸藥和武器裝備運往晉朝，再從晉朝運來所需要的各項物資，也將金勇在晉朝打探的消息一併帶回。在大家的共同努力下，漢國正在穩步前進。

國家的穩定，並沒有使唐一明忘記自己的處境，他一直在默默地關注著燕國的一切動向。此時的燕國大軍，已經攻克了秦國的長安，秦軍被迫遷都於天水郡，繼續抵抗燕軍的攻擊，絲毫沒有投降的意思，兩軍繼續陷入苦戰。

八月二十七日，燕帝慕容俊將燕國的都城從薊城遷徙到了鄴城。

八月二十八日，燕國使臣到達廣固，獻禮祝賀慕容靈秀喜得貴子，並且主動提出了通商之意，開放燕國高唐，漢國濟北為通商地點。

八月二十九日，漢王府的大殿中會聚了王猛、姚襄、黃大、王簡、朗肅以及王猛最近提拔出來的官員二十多人，整個大殿中充斥著一種緊張的氣氛。

「大王，屬下以為，此時與燕國通商，無疑是自掘墳墓。我漢國能生產出來這麼好的武器裝備，為什麼要和燕國進行交換？不如將所有戰備物資留起來，以備戰時的需求！」

唐一明坐在王位上，看了一眼發表意見的那個人，見他四十歲上下年紀，身材偉岸，臉龐瘦削，線條剛直，雙目炯炯有神，頷下幾綹青鬚，英武中又有一股儒雅之氣，便問道：「你可否仔細地說明一下？」

這人姓柳名震，字成宗，是王猛最新挖掘的一個人，雖然年紀有點大，但是見識不凡，是從中原逃到漢國來的。

他原本是晉朝的將領，跟隨殷浩北伐失敗，被燕國俘虜，便假意投降，後來趁著燕軍西征想逃回晉朝，卻陰差相錯地來到了漢國，遇見王猛，與王猛一見如故，也是個文武雙全式的人物。

唐一明聽王猛多次提起他，對柳震更是信賴有加，此時聽到柳震如此的話，認為他必然有自己的一番解釋，便想聽聽。

只聽柳震分析道：「啟稟大王，燕軍現在西征，連續攻克潼關、長安兩地，已經佔領了秦軍都城，迫使秦軍遷都於天水，遇到秦軍的誓死抵抗，兩軍在此陷入對峙階段。此時燕帝派遣使者前來要求通商，屬下猜測，定是想要購進我國的炸藥，然後用於西征軍中。屬下聽相國說起過大王的戰略，也知道大王有意推進燕軍的進展，但是屬下不得不提出異議。燕國大軍與秦軍苦戰數月之久，秦川路險，易守難攻，燕軍能取得如此重大的成就，已經是匪夷所思了，一旦大王再次將炸藥售出，使得燕軍滅了秦國，只怕以慕容恪的聰明才智，絕對不會貿然進攻涼國，必然會在秦川進行一番休整，可是休整之後，燕軍是繼續西征還是揮師向東，那就未嘗可知了！」

唐一明聽了，覺得柳震說的似乎有點道理。他一直在暗中推動戰爭，可是沒有想到燕軍會進展得如此的快，一旦燕軍在短時間內攻滅了秦國，鑒於目前的傷亡，是否會繼續攻打涼國，他心裏也沒有底；如果燕軍停下來休整，涼國畏懼燕國而屈服的話，只怕燕軍會來攻打自己。

他思考了一番之後，續問道：「軍師，你有什麼意見？」

「大王，與南方的晉朝比起來，北方的燕國更具有危險性。既然晉朝已經同意了和我們通商，我們大可依賴晉朝，南方比較安定，物產豐富，與他們通商，好過與燕國通商。北方經歷了彌久大亂，百業待興，實在是沒有什麼可以交換的價值；而且燕軍強悍，如果我們繼續將炸藥換給燕軍的話，不但不能起到削弱燕軍的目的，在冥冥之中卻助長了燕軍的氣焰。屬下以為，大王可以回絕燕使，就說我們的生產能力有限，自己都供應不上了，所以無法答應。」王猛道。

唐一明點點頭，道：「你們說的都不無道理，不過，通商不一定要用炸藥和他們交換，南船北馬，我們的騎兵隊伍很少，如果以後和燕軍打起仗來，步軍永遠都趕不上騎兵，我想要的是北方的馬匹，塞外千里是天然的牧場，那裏也是鮮卑人放牛牧馬的好地方，燕國人不缺少馬匹，只要咱們提出來，就一定能夠換到；何況，通商有助於兩國邊境的交流，他不是想要開通濟北為通商地點嗎？我偏偏不讓他如意，我要開放東萊郡，讓燕國開放遼東，如此一來，浮海而渡，就算燕軍想打什麼主意，在海面上也能看得一清二楚。」

王猛聽後，拍案說道：「大王高見！」

「去讓慕輿幹上殿來，他三番兩次地出使我國，我們也不能虧待了他。」唐一明吩咐道。

不多時，便見慕輿幹急忙走上大殿，參拜說：「參見漢王！」

「慕輿幹，辛苦了，老是讓你為了兩國邦交如此奔波，確實是太勞累你了。咱們認識也不是一天兩天了，這次就你提出的意見，我就給你一個答覆，好讓你回去交差覆命，也不至於讓燕帝難為你。」唐一明緩緩說道。

慕輿幹臉上一喜，道：「我早就知道漢王高義，今日一見，果然不假。」

「呵呵，你回去告訴你們陛下，我答應他的請求，可以和貴國通商，不過，通商口岸不能在高唐和濟北兩地；兩地中間是黃河，河水水流湍急，如果雨季來臨，很可能會引起災害，我會開放東萊郡的黃縣為通商口岸，希望貴國能夠開放遼東的旅順為通商口岸。」唐一明道。

慕輿幹支支吾吾地道：「這個……漢王的意思不改變了嗎？」

「本王一言九鼎，絕不改變！」唐一明正色說道。

慕輿幹道：「那好吧，在下回去稟告陛下，至於結果怎麼樣，在下也不好說。」

「哈哈，我就知道你是最忠厚的人了，你回去稟告貴國陛下，如果他答應的話，我願意用漢國境內的最後一批炸藥跟你們交換。」唐一明道。

慕輿幹一聽炸藥這兩個字，臉上便是一喜，急忙說道：「漢王放心，我定然會將漢王的意思帶回。」

「那好吧，事不宜遲，只怕此事還要勞煩你再來漢國跑一趟了。作為朋友，我給你略微備下了一點薄禮，算是答謝你為兩國邦交所作出的貢獻。來人啊，呈上來！」唐一明喊道。

話音落下，便見兩個人抬上來一個小箱子，看著那兩個人走路吃力的樣子，猜得出來裏面應該放著沉甸甸的東西。

當兩人把小箱子打開，箱子裏堆滿了黃燦燦的金子，它的光芒反射得人眼都快睜不開了。

慕輿幹見了十分的歡喜，當即拜謝道：「多謝漢王美意，慕輿幹定當竭盡全力辦好此事。」

看到慕輿幹離去的背影，唐一明笑了笑，這些日子以來，他一直讓黃大和姚襄負責訓練士兵，新軍大體訓練而成，但是如果要參戰的話，還有許多不足之處。

他早就有了打算，自從海中洲的百姓歸附後，他的海軍實力大大增加，而且船隻上大多都配備有火炮，也增加了他的雄心，讓他把視線從陸上轉到了海上。

「我想出兵攻打濊貊和它南部的三韓，不知道你們的意思如何？」唐一明環視眾人道。

眾人聽了面面相覷，良久不語。

「你們有什麼話就直說，我不會怪罪你們的！」唐一明見眾人面上略有難色，便鼓勵地道。

柳震當即說道：「大王，屬下認為不可。濊貊和三韓地處偏遠，其民較為悍勇，加之多為山地，攻打起來極為困難；何況濊貊已經臣服於燕國，只怕會影響兩國邦交。」

「大王，末將認為此事可行。如果能攻取三韓的話，我軍便可以敲山震虎。燕帝遷都於鄴城，無非是為了防止我軍再有所作為，如今中州暫時趨於穩定，我國還不能與燕國起任何衝突。濊貊雖然臣服於燕國，可是三韓並沒有，我們攻打三韓與燕國無關，所以燕國即使生氣，也不會說什麼。」姚襄提出反對意見。

王簡朗聲說道：「大王，屬下以為不可。三韓與青州隔海相望，要攻取三韓，就必須要浮海東渡，然而海上凶險，萬一遇到大風大浪，只怕會損兵折將，得不償失，還請大王三思。」

黃大冷哼一聲，道：「大王，末將以為可以攻取三韓。如今我國海軍早已經訓練而成，廉丹原為海盜，其部下熟知海事，加之我軍又在每艘船上配備有火炮，如此先進的武器，攻取小小的三韓之地簡直是易如反掌。大王，末將願意請命，帶兩萬人前去攻取三韓之地，如若不勝，提頭來見。」

唐一明聽了，覺得每個人都說的有道理，獨見王猛沒有說話，只靜靜地站在那裏，便問：「軍師，你的意思呢？」

王猛欠身說道：「大王，四位大人說的都有理，只是臣下以為，若分析利與弊，只怕利會大於弊。」

「王相國，在下願聞其詳！」柳震有些不太服氣，直言道。

王猛笑了笑，也不理會柳震，因為柳震是他一手提拔的官員，他知道柳震的性格，對什麼事都是直言不諱，也就不去計較。

他向柳震走過去了兩步，欠身說道：「柳大人，諸位，且聽我一言。三韓之地雖然需要浮海東渡，可是一旦攻取下來，我軍便能在此駐軍，徵用當地百姓入伍。三韓百姓和燕國有著極深的仇恨，當年鮮卑慕容氏收取遼東時，使得濊貊臣服，攻打三韓卻遭遇頑強抵抗，雖然最後三韓兵敗，其民多數戰死，但是慕容氏卻也傷亡慘重，不得不撤回遼東。如果我軍能夠一舉收服三韓之地，必然能夠形成東西夾擊之勢。遼東是燕國的重地，慕容氏在那裏經營多年，百姓安定，收取三韓卻能使得我國起到威懾作用，所以王某以為，攻取三韓之地利大於弊。」

「軍師所言，正合我意。可能你們不知道，三韓之地有著極為豐富的礦產資源，其中不乏有金礦，如果能夠佔領三韓之地，不僅能使燕國自危，還能增加我們的收入。不過，這次攻取三韓之地要

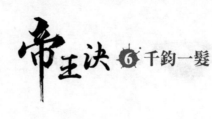

恩威並用，以單純的武力是不能使得三韓百姓屈服的，慕容氏便是前車之鑒。」唐一明緩緩分析道。

「大王所言甚是！」王猛附議道。

「黃大、柳震聽令！」唐一明當即大聲道。

黃大大喜道：「末將在！」

柳震道：「屬下在！」

唐一明命令道：「黃大，本王命你這次為主將，廉丹為副將，帶領三萬海軍，戰船五百艘前去攻打三韓。」

黃大當即叫道：「大王，你就等著好消息吧！」

「呵呵，柳震，軍師經常在我面前提起你，說你文武雙全，是個堪用的大將。只是，如今的漢國裏，多是政要瑣事，無法彰顯你的能力，所以，此次我準備讓你隨同黃大一起去攻打三韓。黃大武勇，智謀方面有所欠缺，本王想任你為軍師，你可願意？」唐一明道。

柳震聽完有點詫異，唐一明兩次否決了他的建議，而且他在王猛手下做事已經有兩個多月，一直未能放在正位上，本想自己不會受到重用，沒想到唐一明會如此器重他。他心中驚喜萬分，當即跪在地上，激動地拜謝道：「多謝漢王器重，屬下定當不負漢王厚望。」

「快起來，我早說過，在漢國裏不必行跪拜之禮。」唐一明急忙道。

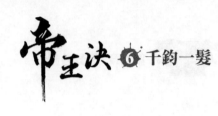

柳震緩緩地站了起來，費解地問道：「大王，屬下一直反對出兵攻打三韓，大王為何還要對我委以重任？」

唐一明呵呵笑道：「我任人唯才，舉賢不避親，只要有才之人，我都會重重用之。你雖然反對出征，可是以軍師對你的器重，足以知道你的智謀。這次攻打三韓要恩威並用，打仗上黃大是絕對沒有問題，只是他不太知道怎麼去收取人心。軍師身居相國重任，無法抽身，而我的手下，能兼任軍師之人的，也就只有你了。」

柳震當即朗聲說道：「大王，屬下必定竭盡全力，協助黃將軍收取三韓之地。」

唐一明點了點頭，對黃大說道：「黃大，此次收取三韓事關重大，以後牽涉到我軍的戰略部署，你武勇有餘，智謀上，還尚有所欠缺，我命柳震為你的軍師，命他監軍，凡事都要商量著來，切忌獨自行動，知道了嗎？」

黃大重重地點了點頭，然後朝著柳震拜了一拜，同時喊道：「柳監軍！」

柳震見黃大如此，急忙說道：「黃將軍，你如此大禮，屬下可是受不起啊。」

「哈哈哈，將相和，看來此次出征，必定能夠收取三韓之地。」王猛看見之後，便大聲地說道。

「哈哈，軍師說的不錯。黃大、柳震，你們這就下去準備吧，下個月初三揚帆出海，本王還有點瑣事，就不去送你們了。等你們凱旋時，本王會親自去迎接你們！」唐一明道。

「謝大王！屬下告退！」黃大、柳震同聲道。

黃大、柳震退出後，唐一明便對姚襄道：「姚軍長，新的騎兵訓練如何？」

姚襄回道：「大王，這次新招募的騎兵訓練起來極為麻煩。精湛的騎術並非一朝一夕就能夠練成，雖然現在略有小成，可是離真正的騎兵還有很大一段距離，加上騎射也很難練成，屬下保守估計，大概會在一年以後，便能將這一批騎兵訓練成為馳騁戰場上的一支勁旅。」

「嗯，這事很是麻煩，不過辛苦你了，我相信一年以後，這支三萬人的騎兵，必然能夠成為我漢國的又一支天下名騎。對了，姚萇駐守濟北，現在已經連接了黃河和濟水，入河口必須加強防守，姚軍長，還請你親自去一次濟北，轉達我對姚萇的慰問。」唐一明交代道。

姚襄道：「大王放心，末將必將此事辦妥。」

「諸位大人，今天的會議就到此為止吧，請諸位大人各司其職，共同振興我們漢國，散會吧！」唐一明站了起來，高聲說道。

「恭送大王！」眾人齊聲道。

九月初三，黃大、柳震、廉丹率領著三萬海軍，五百艘戰船，浮海東渡，前去攻打位於朝鮮半島南部的三韓之地。

三韓指的是朝鮮半島南部的三個部落聯盟，分別是馬韓、辰韓

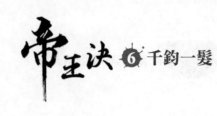

和弁韓，與朝鮮半島北部的濊貊形成了朝鮮半島上的原住居民。

海軍出征後，唐一明便積極發展漢國內部的設施：道路、水渠、農田等，另外，漢國境內推行的律法也逐漸深入人心，並且兩年不收稅，使得百姓們都歡欣鼓舞，對唐一明的向心力也更強了。

九月初十，慕輿幹再次從燕國出使漢國，回覆燕王同意了唐一明對於通商口岸的要求，兩國開始採取海上通商。

在九月冷漠的天空下，遼闊的田野寂靜無聲。炎夏已經悄悄地溜走了，農忙後的田野留下一片淒涼的景象。一眼望去，道路兩邊全是光禿禿的麥梗，收割過的牧草地裏，牲口垂頭喪氣地在來回走動。

七天前，在西北大地上，燕國大將軍慕容恪強攻天水，終於攻破了天水，秦國皇帝符健戰死，相國符雄、將軍鄧羌帶領殘軍數千殺出重圍，下落不明。

燕軍乘勢攻打秦國的安定、南安、武都等地，其他地方聞風而降，秦國徹底滅亡。

漢王府內。

「軍師，常鈞派人從兗州送來最新的情報，慕容恪命令慕輿根將兵糧囤放在許昌、濮陽、汝南三地，並且從並州抽調來三萬大軍，看來慕容恪是準備帶著在秦地的凱旋之師殺個回馬槍了，我軍必須準備準備。」唐一明分析道。

王猛沉思了一下，道：「大王，我看未必！」

「哦？」

王猛捋了捋鬍子，說道：「大王，去晉朝的商船已經於今日返回，並且帶來金勇在晉朝打聽到的消息，此事大王還不知道，如果大王知道，就會清楚慕容恪的真實動向了。」

「哦，聽你這麼說，難道晉朝又要開始北伐了？」唐一明鬆了口氣道。

王猛道：「那倒不是，以晉軍現在的實力來說，暫時還沒有恢復元氣，只不過，晉大司馬桓溫命令羅友為征北將軍，率領荊襄之兵沿漢水而上，又令其弟桓沖在益州秣馬厲兵，看來是準備趁著秦國滅亡之際進取關中之地。慕容恪很聰明，知道在秦地的燕軍太過疲憊，肯定會避而不戰，他之所以命人調集兵馬到中原，無非是想圍魏救趙罷了。」

「哈哈，聽軍師這麼說，我寬心了不少。我現在真是害怕打仗了，因為一打仗，戰火也會燒到我們這裏，只要不在漢國周圍打，我什麼都不怕。現在漢國局勢剛剛穩定不久，不能再經受戰亂了，就算要打，也是我想打的時候再打，最起碼也要等到兩年以後！」唐一明道。

王猛點點頭，道：「大王放心，慕容恪雖然想殺個回馬槍，但是在他西邊的涼國是個禍害，而且關中剛剛經歷大戰，沒有幾個月的休整，秦地的百姓是無法安撫的，幾個月後，慕容恪肯定會發兵攻打涼國，我們只需要坐山觀虎鬥，將心思放在三韓之地上便是了。」

「嗯，軍師說的有理，只是大海漫漫，消息不通，也不知道現在黃大他們到哪裡了？」唐一明憂心道。

王猛回道：「大王，不管到哪裡，以我軍現在的實力，三萬軍隊絕對可以平滅三韓，加上黃大又有柳震為軍師，此事必然是易如反掌。」

「嗯，我也是這樣想。軍師，兵工廠生產出來的手雷，你可讓人教會給那些娘子軍了？」唐一明突然想起此事，問道。

「大王，屬下有個不情之請，不知道當講不當講？」王猛道。

「你我兄弟，還有什麼話不能講的？說吧！」

王猛道：「大王，我想讓娘子軍參戰！」

「參戰？現在我們與晉朝和燕國都是和睦相處，並沒有戰爭發生啊？」唐一明不解地道。

王猛笑道：「大王日理萬機，一些瑣碎的小事還不清楚，最近一段時間裏，不知道哪裡來了一支流浪軍，一直活動在泗水之南、淮河以北的數百里土地上，屬下懷疑，這支流浪軍很可能是晉朝派來的，屬下已經讓趙乾和李國柱緊守要道，加強防範了。這支流浪軍沒有打出任何旗號，人數約在兩萬左右，如今天下形勢大致已定，燕軍自顧不暇，會做出這樣的事的，也只有晉軍了。所以，屬下想讓娘子軍獨立作戰，去滅掉這支流浪軍，也算是給晉朝一個警告。」

唐一明想了想，道：「我雖然同意你的看法，只是娘子軍如果要獨立作戰的話，倒是缺少一位統帥，我擔心……」

「哈哈，大王不必擔心，屬下已經為這支娘子軍擬定了幾位人選，正準備奏請大王批准！」王猛笑道。

唐一明驚道：「哦，還有能夠獨當一面的女人？是誰？」

王猛點點頭，道：「大王，屬下舉薦的人，便是李蕊、姚倩、慕容靈秀、蘇芷菁四位夫人！」

「你……你說什麼？你舉薦的是我的四個老婆？那怎麼成，不行不行，她們還要帶孩子呢！」唐一明急忙擺手說道。

「大王，之前你曾經說過女人應該和男人一樣，怎麼到了大王的頭上，大王卻偏袒起來了？屬下之所以舉薦四位夫人，也是經過深思熟慮的。大王，你想想，王妃跟隨大王很久，勤而好學，對於一些事情頗有見地，王妃之前就是娘子軍的首領，此時把娘子軍交給王妃統領，也算是名正言順，何況以王妃的身分足以擔當此任。」王猛侃侃而談道。

唐一明聽完，想起以前和李蕊在一起的事來，有時他拿不定主意，也經常會詢問李蕊，而且李蕊認真學習兵法，有不懂的地方也會去問王猛。一想到這些往事，唐一明便道：「好吧，王妃可以獨自領兵，至於另外三個老婆嘛，我看就算了吧！」

「大王，此言差矣。姚夫人是羌族女子，生性剛烈，弓馬嫻熟；慕容夫人是鮮卑女子，身上也有鮮卑男子的氣概，雖說弓馬並不是很嫻熟，但是比起那些女兵來，實在是有過之而無不及；再者，蘇夫人原本為海盜，曾經統領數萬海盜與晉軍作戰，也是一個得天獨厚的女將。四人皆是巾幗不讓鬚眉的女英雄，漢國境內，再也找不出與其相似者，大王為何棄而不用呢？」王猛道。

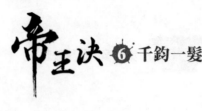

唐一明聽王猛分析的有理，便道：「不是我棄而不用，而是她們都是我的老婆，如果都委以重任，怕國中有人不服。」

王猛呵呵笑道：「大王多慮了，大王曾說舉賢不避親，任人唯賢，只要王妃和三位夫人在此次戰鬥中能夠凱旋而歸，必然會使異議者有所信服。如今國內青壯的男子稀少，女人較多，如果此次能夠打出我們漢國娘子軍的威風，必然會使國中女人踴躍參軍，從而解決兵員不足的情形。自娘子軍建軍以來，大王從未讓娘子軍獨自完成過任務。大王想要一統天下，就必須擴充軍隊，若是能充分利用女兵，在這些女兵身上做下文章的話，可以發現獨自領兵的女將來，對我漢國而言，實在是莫大的好處。」

「軍師字字珠璣，我聽你的就是了。只是，這件事，我還要問問我的四位老婆才是。」唐一明有些擔心地說道。

「老公，不用問了，我們姐妹都願意上陣殺敵！」李蕊突然從殿外走了進來，身後跟著姚倩、慕容靈秀和蘇芷菁。

四人一進大殿，便異口同聲地說道：「漢王，請准許我等上陣殺敵，為國立功！」

唐一明驚愕地指著四個老婆，說道：「你們……原來你們早就商量好了？」

王猛、李蕊、姚倩、慕容靈秀、蘇芷菁都哈哈笑了起來。俄而，唐一明也笑了起來。

不多時，笑聲止住，唐一明當即說道：「好吧，我現在正式委任李蕊為娘子軍的總指揮，姚倩、慕容靈秀、蘇芷菁為大將，帶兵五萬前去攻打活動在淮泗的流浪軍。」

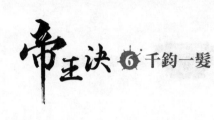

「大王，用不了五萬，兩萬足矣！」李蕊胸有成竹地說道。

「兩萬？一對一？萬一……」唐一明驚奇道。

王猛急忙說道：「大王放心，徐州還有李國柱和趙乾，他們足可幫助娘子軍，兩萬人足矣。」

「嗯……」唐一明皺眉凝思道：「好吧，出征兩萬娘子軍，不過，我要親自到徐州督戰！」

「老公，你這不是對我們姐妹不放心嗎？我們姐妹願意立下軍令狀，如若不勝，我們姐妹以死謝罪！」姚倩叫道。

「不許胡說！你們死了，孩子怎麼辦？這話以後不許亂說，我不去就是了，這次讓你們獨自發揮，我絕對不干涉，這總可以了吧？」唐一明無奈道。

「呵呵，老公果然最好了！」李蕊走到唐一明身邊，挽住唐一明的胳膊，甜甜地道。

唐一明的臉上突然變得暗沉起來，說道：「你們走了，那孩子怎麼辦？」

「當然是交給老公照顧了！」李蕊、姚倩、慕容靈秀、蘇芷菁四人異口同聲道。

唐一明臉上一愣，說道：「你們……你們竟然敢欺負我？」

王猛見苗頭不對，趕忙道：「大王，你們一家人慢慢聊，屬下先行告退！」

姚倩三人走到唐一明的身邊，爭相搶著給唐一明捶背捏肩，讓唐一明突然覺得這樣的日子簡直是神仙般的日子，這在前世，養一個老婆都難，現在四個老婆不說，而且她們還都能彼此相安無事，對他來說怎不幸福！

「老公，我想帶楊清一起去，楊清頗為機靈，我之前從薊城逃出來，都是她的功勞。」慕容靈秀嬌聲道。

唐一明點點頭，道：「好，讓她也去，如果能夠成為一員大將，也是我們漢國的福氣。」

「老公，琳兒還小，我已經給他找了一個乳娘，他要是餓了，你就讓乳娘餵他，知道了嗎？」慕容靈秀交代道。

唐一明說：「知道了！」

「老公，你要多關心太宗，夜裏睡覺的時候要注意一下，看看他尿床沒有。」李蕊又道。

「知道了。」

「老公，唐穎愛動，你可千萬別讓她亂爬啊！」換姚倩說了。

「知道了！」

「老公，我沒有孩子，可是三位姐姐都有，你要好好照顧他們，讓三位姐姐安心，知道了嗎？」蘇芷菁緊接著說道。

唐一明被四女搞得一個頭兩個大，只好連聲道：「知道了，知道了。」

突然，李蕊、姚倩、慕容靈秀、蘇芷菁四女都鬆開唐一明，站成一排，同時向唐一明敬了一個軍禮，整齊地喊道：「軍師已將軍隊集結完畢，我等告辭，漢王保重！」

說完，四人便轉身竊笑著跑開了，獨自留下唐一明一個人在大殿裏。

「怎麼……怎麼都走了？」唐一明自言自語地道。

哄孩子是個苦差事，而且一下子還是哄三個孩子，對唐一明來說，這比打仗還累。

四個老婆走後的第一天，他便將兩兒一女抱進書房，由於王府占地面積大，府中的女婢只有十個，平常要去打掃衛生，沒有時間照顧孩子，他只能親力親為。

第一天就讓唐一明忙得不可開交，一會兒這個哭，一會兒那個哭，一會兒這個餓了，一會兒那個又拉屎撒尿了，只一個時辰，就讓唐一明心力交瘁。

還好老婆們臨行前已經找好乳娘，孩子餓了能夠餵他們，要不然的話，唐一明沒有奶水，這個時代又還沒發明奶粉，他都不知道該怎麼辦好了。

好不容易把孩子給哄睡了，唐一明這才覺得輕鬆起來，癱軟在床上，自語道：「我的媽啊，原來帶孩子那麼辛苦，我現在可真是體會到了。」

第八章

三國鼎立

日復一日，不知不覺，漢國就在平靜中度過了兩年。
兩年中，燕軍相繼滅掉涼國和代國，
平定了大西北，天下形勢呈現出三國鼎立之勢，
燕、晉、漢三國之間表面無事，
實際上都在積極備戰，一場腥風血雨即將來臨。

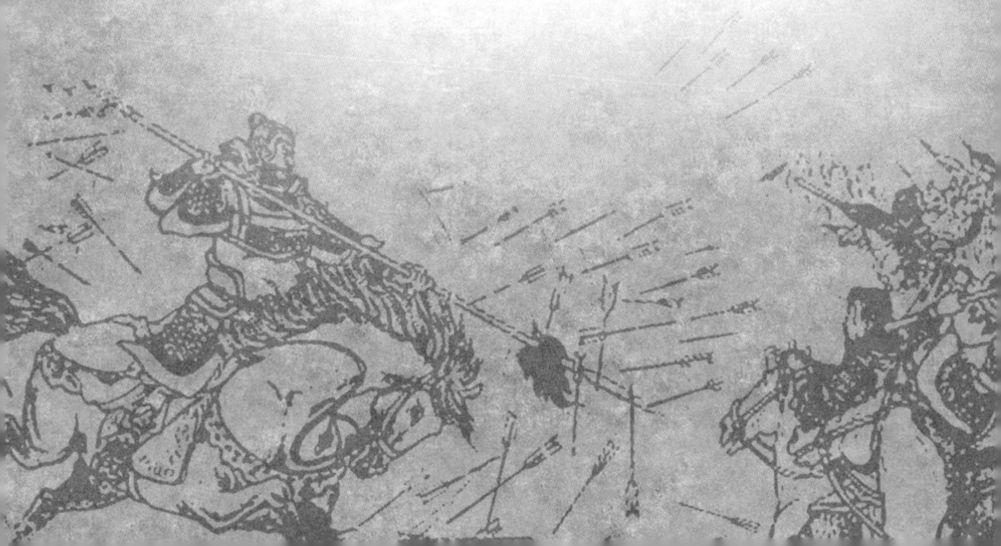

七天後，李蕊率領的兩萬娘子軍到達徐州，唐一明暗中秘密派人提前到徐州，讓李國柱好生幫助娘子軍。

又過了五天，在李蕊的指揮下，姚倩、慕容靈秀、蘇芷青、楊清各自帶著娘子軍和流浪在淮泗的軍隊進行了決戰，經過一個多時辰的激戰，娘子軍大勝，殺敵六千多人，俘虜一萬多人。

捷報傳回廣固，整個漢國為之震驚，讓漢國的男人們都對女人刮目相看，也使得娘子軍正式受到國人尊敬，許多女人紛紛嚷著要參加娘子軍。

又過了七天，廣固城外，唐一明親自帶領著城中政要出城列隊歡迎娘子軍凱旋。

天上掛著暗黃的秋日，天地間刮著習習的涼風，英姿颯爽的女兵們在平坦又寬闊的水泥鋪就的大馬路上浩浩蕩蕩地駛來。隊伍的最前面，是一名威風凜凜的女騎將。

只見那女將身上穿著一件鎖子甲，烏黑柔順的長髮齊腰，深黑色的雙眼炯炯有神，舉手投足間都流動著端莊典雅、超凡脫俗的氣質中卻又帶著一股巾幗不讓鬚眉的帥氣。她的身材婷婷玉立、婀娜多姿，正是整個娘子軍的統帥，漢國的王妃李蕊。

在李蕊身後，是四個並排行走的女將，四個女將都穿著統一的軍裝，頭戴鋼盔，身披鎧甲，腰中掛著長劍，手中提著一桿長槍，就連座下馬匹也都是統一的白色，四人分別是姚倩、慕容靈秀、蘇芷菁、楊清。

再後面，是排列整齊的女兵方陣，手中舉著輕盈而又堅固的長槍，穿著統一的裝備，每個人都是精神飽滿，一點也不亞於男兵們。

當娘子軍們到達城下時，李蕊五人紛紛下馬，徑直走到唐一明的面前，一起拜道：「末將參見大王！」

唐一明歡迎道：「諸位將軍一路辛苦，本王已經給諸位將軍備下了一杯薄酒，還請諸位將軍回城赴宴！」

「諾！」五個女將齊聲回答。

唐一明上前一步，拉住李蕊的手，低聲耳語道：「老婆，一路辛苦了，今天晚上我要好好地陪陪你。」

李蕊甜蜜地說道：「多謝大王，我很想你！」

唐一明直接將李蕊給攔腰抱起，走進城裏。站在兩邊的官員和士兵們見了，都露出笑意，齊聲喊道：「大王萬歲！王妃萬歲！大王萬歲！王妃萬歲！」

姚倩、慕容靈秀、蘇芷菁也是羨慕不已，但是她們三個卻並不吃醋，因為這次的戰鬥，李蕊確實指揮得當，使得娘子軍只有一千多人受傷，並無戰死的記錄。

她們三個都會心地笑了，跟隨在唐一明和李蕊的身後，一起步入了廣固城中。

娘子軍凱旋了，可是漢國的海軍還是杳無消息，因為海上行走不便，唐一明只能默默地等待著最後的結果。

娘子軍帶回不少俘虜，從那些投降的士兵口中得知，他們確實是晉朝的軍隊，奉命在淮泗之間活動，目的是為了窺探漢國的虛實。可是這撥士兵誰也不會想到，他們居然會被一幫娘們兒打敗，不禁對漢國的實力深感害怕，女人都尚且如此，何況男人乎？

唐一明讓人從泰山郡裏帶來拘押已久的燕國將領趙武，自從濟南丟失後，趙武便一直被囚禁在泰山郡裏，平時和百姓們一起勞作，雖然是俘虜，可是過的生活卻和普通百姓差不多。

當趙武來到漢王府的大殿時，原先那股囂張和傲慢的氣焰都沒有了，見到唐一明雖然沒有行叩拜之禮，卻也畢恭畢敬地欠身叫了聲：「漢王！」

唐一明擺了擺手，示意大殿內的侍衛下去，看到趙武穿著極為普通的衣服，臉上皺紋迭起，寫滿了滄桑。他從王位走下來，來到趙武面前，輕聲問候道：「將軍在泰山郡可還習慣？」

「托漢王的洪福，在下吃得飽，穿得暖，一切都很好。」趙武淡淡地答道。

「我聽孟鴻說，將軍是冀州人？」唐一明問。

「我是冀州常山郡真定人。」趙武答道。

唐一明笑道：「真定？好地方啊，三國時，蜀漢的名將趙雲就是常山真定人，趙將軍也是真定人，莫非是趙雲之後？」

「漢王說笑了，趙雲可是虎將，趙武不過是一介武夫，怎麼能夠跟他相提並論？再說，趙雲雖是真定人，家室卻在巴蜀，在下又怎麼會是趙雲之後？」趙武回道。

唐一明「嗯」了聲，道：「我看趙將軍和趙雲差不多嘛，居然被俘半年，一點投降的意思也沒有，不過，老是這樣關押著你也不是辦法。我曾經答應過孟鴻，要給你一條活路。你既然不願意投降，我留著你也沒有什麼用，不如就此放你歸去，也算是履行了我對孟鴻的承諾。」

「漢王……你……你要放我走？」趙武驚愕地道。

唐一明點點頭，道：「嗯，我放你回燕國去，不過，他日如果再在戰場上碰到，本王可不會手下留情了。我已經命人給你準備了一匹上好的戰馬，日行五六百里不成問題，黃河沿岸以及邊線的守兵我也知會了，無論你是渡河到冀州還是馳騁到兗州，他們都不會阻攔你。」

趙武抿著嘴唇，目光不停地轉動著，忽然跪在地上，向唐一明磕了三個響頭，高聲道：

「漢王大恩，趙武無以為報。只是……漢王關押了在下這麼久，燕國那邊只怕早已經將我除名，無論在下是生是死都已經不重要了，重要的是，在下在泰山郡的這些日子裏，親眼看到漢王治理百姓得法，使得百姓安居樂業，也使這原本荒蕪的土地長起了豐收的希望……漢王，之前是趙武不識抬舉，如今那個一心忠於燕國的趙武已死，在漢王面前的，是一個嶄新的趙武，趙武願意歸順漢王，給漢王當牛做馬，還乞求漢王能夠收留在下！」

唐一明見趙武說得如此誠懇，便親自將趙武扶了起來，關心地說道：「將軍請起，能得到將軍這樣的人投靠，也是我唐一明的福分。不過，我不讓你當牛做馬，只要你給本王做一件事即可，只是不知道將軍肯不肯答應？」

趙武道：「漢王請講，別說一件事，就是十件、百件，只要趙武能夠做到的，趙武一定做，做不到的，也會想辦法去做！」

唐一明高興地拍了拍趙武的肩膀，大讚道：「好！我就等著你這句話！趙武，我還讓你做將軍。我有一支新歸降的晉軍士兵，有一萬三千人，然而找不到合適的統帥，我想請你擔任這支降軍的統帥，訓練這支軍隊，你願意嗎？」

趙武聽了，感激地說道：「漢王不殺之恩已經是對趙武最大的榮幸，如今又交給在下如此重任，在下真不知道該何以回報。漢王放心，趙武絕不會辜負漢王的一番苦心，必將此降軍訓練成為一支無堅不摧的鐵軍！」

唐一明道：「本王相信你的實力，趙將軍，一萬三千名降軍都已經集結在校場，請將軍就此上任吧！」

「多謝漢王，漢王保重！」趙武緩緩地退出了大殿。

唐一明見趙武離去的身影，不禁說道：「晉朝和燕國人才濟濟，我漢國裏的人才少之又少，看來以後要多收取一些降將才是，只要能為我所用，之前的一切，我都不會計較的。」

此後的幾天時間裏，唐一明一直在關注著燕軍和晉軍的動向。

晉大司馬桓溫名義上沒有北伐，實際上卻與北伐相差無幾，他想趁著秦國剛滅，燕國在關中立足未穩之際分一杯羹。

征北將軍羅友率領三萬晉軍為前鋒，沿漢水而上，沿途收服不少郡縣，在武關受到燕軍的抵抗，形成對峙之勢。桓溫親率十萬精兵隨後，在到達之日便強攻武關，慕容恪下令避而不戰，退回長安、潼關一帶。桓溫將大軍進駐灞上，再次與燕軍形成對峙。

征西將軍桓沖率領七萬晉軍出漢中，卻被陽鶩率領的燕軍堵在了險要之處，使得晉軍左右夾擊之策未能得逞。之後長達一個多月的時間裏，燕軍總是避而不戰，糧草匱乏的晉軍，不得不無功而返。晉軍退走之後，燕軍重新奪回關中之地，並且進行了休整。

金秋十月，燕晉兩國勞師動眾，漢國境內卻是一片太平。不過，在太平的背後，作為整個漢國的國王，唐一明卻越發地擔心起來。

自從黃大、柳震、廉丹率領三萬海軍出征，已經兩個多月了，可是兩個多月來，每天等候在海邊的哨兵卻從未看見過有人歸來。海面上風平浪靜，可是誰又知道千里之外的朝鮮半島的情況呢？

時間久了，唐一明越發擔心起來，因為他知道在歷史上，中原的天朝都曾經攻打過朝鮮半島，可是每次攻打，都是勝少敗多。他派出去的軍隊不過才三萬而已，萬一遭到當地人的頑強抵抗，只怕會使得三萬人全部陷入困境。

十月中旬，唐一明帶著蘇芷菁來到海邊居住，每天登上高崖，遙望海面，期盼著能有那三萬海軍一絲一毫的消息。

唐一明站在高崖上，迎面吹來陣陣冷風，冷風中夾雜著海的味道，有著淡淡的鹹味。海平面上，海鷗不時地飛過，船上的漁民正在撒著漁網，一切是那樣的平靜和愜意。

蘇芷菁斜倚在唐一明的肩膀上，兩個人坐在一塊大岩石上相互依偎著，她斜視了一下唐一明，見唐一明愁容滿面的，便伸出手，輕輕地在唐一明的眉頭上撫摸了一下，柔聲道：「我不是告訴過你嗎，不要再皺眉了。」

唐一明輕攬著蘇芷菁，親了一下蘇芷菁的臉頰，另一隻手輕捏蘇芷菁的下巴，用額頭抵住了蘇芷菁的額頭，淡淡說道：「好，我的老婆大人，我聽你的，以後不再皺眉了。」

蘇芷菁滿意地微微一笑，將嘴唇貼在唐一明的嘴上，兩人深深地吻著……

激吻過後，蘇芷菁輕聲說道：「老公，你放心，黃大他們不會有事的，一定會凱旋而歸，只是大海相隔，消息傳遞受阻而已，說不定現在他們已經攻下了三韓之地，正在慶功呢！」

「哈哈，你的嘴巴倒是很甜。好了，咱們就在這裏再住上一段時間，一邊遊玩，一邊等待海軍的凱旋。」唐一明說完，便又吻起了蘇芷菁，將她牢牢地抱在了懷裏。

太平的日子過得很快，眨眼間，一個月就飛快的過去了，秋去冬來，北方的大地上已經迎來了入冬的第一場雪。陰霾的天空中，無數的雪花紛紛飄落，將整個大地都換上了一層白色。

冬天本該是寒冷的，但是由於唐一明暖氣設施的推廣，使得整個漢國境內都裝上了暖氣，嚴冬裏不再寒冷。

十一月二十六日，一連下了五天的大雪終於停了下來，呼嘯的北風也漸漸地變弱。海岸線上，一座高高的炮塔內，唐一明、蘇芷菁站在瞭望台上眺望著遠方的大海。

「哎！都過了一個半月了，怎麼黃大他們還是沒有半點消息？難道真的是遇到了不測？」唐一明茫然地看著大海，憂心地說道。

蘇芷菁緊緊地握住唐一明的手，看著唐一明越來越沉重的面容，她再也找不到任何可以寬慰他的話語，只能默默地站在他的身邊，與他共同承受這一切。

她本來是海盜，更是海盜的頭子，雖然是女人，可是行事心狠手辣，絲毫不亞於男人；正是這種冷酷，才使得她能夠在海盜中取得威信。然而自從與唐一明相處以來，她整個人都發生了變化，不僅體驗到做女人的感覺，變得柔情似水起來，也更善解人意，願意為自己的男人做任何事情。

「我們走吧，再看下去也是徒勞無益！」

唐一明不甘心地嘆了口氣，緩慢挪動著步伐，準備離開。

蘇芷菁目視著海平面，看到遠處彷彿出現零星的幾個黑點，急忙疾呼道：「老公，你看，有船！」

唐一明忙轉過身子看向大海，但見在天與海相連接的地方，逐漸冒出許多黑點，不禁大喜道：「是我們的船，是我們的船！」

「老公，你看，我沒有說錯吧，他們不會有事的，快點列隊歡迎他們吧！」蘇芷菁呵呵笑道。

唐一明點點頭，道：「走，到碼頭去！」

不一會兒，海邊響起了通通鼓聲，白茫茫的雪地上，出現了一兩千穿著棉衣的士兵，他們列隊齊整，刀槍林立，逐漸向著碼頭走去。

接著，又有一批百姓走到碼頭邊，站在士兵後面，每個人的手中都拿著一面小紅旗，準備歡迎英雄的歸來。

唐一明、蘇芷菁站在岸邊，互相執著對方的手，目視著海面，蘇芷菁可以明顯感受到唐一明內心十分激動。

海平面上的黑點越來越近了，漸漸地在薄薄的霧氣中變得更為清晰，一百多艘戰船緩緩駛來。

一艘戰船首先靠近碼頭，從船上走下來一位漢子，那漢子頭髮花白，身體略顯得消瘦，卻是柳震。

唐一明看見柳震憔悴的模樣，覺得很是心痛，送走柳震時，他還是精神飽滿，身體魁梧，才短短幾個月，就像變了一個人似的。

唐一明急忙迎了上去，在柳震欲行跪拜之禮的時候，急忙抓住柳震的手，關懷地問道：「柳監軍，你們終於回來了！」

柳震眼眶裏含滿淚水，當著眾人的面大聲哭了出來：「大王，我們勝了，我們勝了……」

從柳震的語氣裏，唐一明能夠聽得出來，這次的勝利並沒有使他感到開心，反而有一種沉重感。

唐一明向後面陸續下船的士兵看了一眼，見他們都各個身體消瘦，面容慘澹，垂頭喪氣的，便問道：「柳監軍，黃大呢？黃大怎麼沒有回來？」

柳震擦拭了一下淚水，定了定神，說道：「大王放心，黃將軍一切安好，三韓全部投降後，黃將軍便帶著一萬士兵駐守在三韓之地，廉丹也留下了，黃將軍怕大王等得著急，便讓屬下帶著五千士兵先回來，將勝利之事稟告大王，好使大王安心。」

「哦，怎麼才回來五千？其他人……」唐一明說到這裏，止住了話語，不敢再想。

「大王，這次攻打三韓，真是險勝啊，我軍三萬戰死一半，若不是黃將軍和廉將軍勇武，不斷地給士兵鼓舞，只怕這次會以失敗告終。不過，天佑我大漢，經過幾個月的時間，我軍最終還是擊敗了三韓，俘虜了他們的首領，迫使三韓歸順漢國。」柳震回報道。

三韓內部相互矛盾，誰也不服誰，可是一旦遇到外敵，便同仇敵愾起來，漢軍攻打起來極為不易。第一次和三韓接戰便損兵三千人，又被三韓逼迫到海邊。

三韓之民多居住於深山谷地當中，居民也很分散，強攻不成，漢軍只好撤退，暫時在海邊停靠，佔領了一個海岸。

在柳震的建議之下，漢軍沒有再攻打三韓，緩解了三韓的壓力。另一方面，柳震暗中使用計策製造矛盾，使得三韓逐漸分化，兩個月後，漢軍再次攻打三韓，三韓彼此矛盾重重，無法協調作戰，最終被漢軍殲滅了主力，一戰定三韓，並且俘虜了三韓的首領。

不過，在後來的時間裏，三韓之民未曾歸附，經常反抗漢軍，黃大和柳震恩威並用，才逐漸壓制住三韓的反抗情緒，使得三韓之民逐漸歸附。

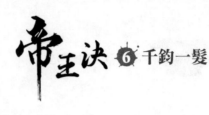

黃大以夷制夷，廢除三韓貴族制度，讓三韓之民推舉賢者擔當當地官吏，得到三韓之民的擁護。為了防止朝鮮半島上北部的燕軍有所蠢動，黃大便率領一萬人駐守三韓，緊守關口，讓柳震浮海西渡，回漢國獻上捷報。

唐一明扶著柳震，關懷地說道：「柳監軍，你一路辛苦，士兵們也都辛苦了，外面嚴寒，我已經命人準備好營房，你們就好好的休息，其他的事就交給本王處理。」

「屬下遵命！」柳震道。

這次海軍凱旋而歸，雖然損失了一萬五千人，卻征服了三韓之地，使得以後的戰略計畫進一步完成。海軍更從三韓之地帶回了大批稀有物品，諸如瑪瑙、翡翠等等。

安頓完回國的海軍之後，過幾天，唐一明和蘇芷菁、柳震一起返回廣固，論功行賞不在話下。

日復一日，年復一年，不知不覺，漢國就在平靜中度過了兩年。兩年中，燕軍相繼滅掉涼國和代國，平定了大西北，天下形勢呈現出三國鼎立之勢，燕、晉、漢三國之間表面無事，實際上都在積極備戰，一場腥風血雨即將來臨。

晉穆帝永和十一年，三月初四的早上，北方寒冷的二月剛剛過去，地上的積雪還沒有融化乾淨，燕軍和晉軍便在各自的邊防重地展開了廝殺。

暮雲四合，烏鵲亂飛，西邊天庭的晚霞像道道血痕緊緊壓著大地，莽莽的荒原漸漸黯淡，在暮色中顯得更加孤寂與淒清，空氣也似乎凝固不動了，只是其中充斥著一股嗆鼻的焦臭與濃重的血腥味。

這又是一處剛遭洗劫的晉軍營地。這裏沒有牛馬，沒有炊煙，沒有人聲，只有一座座被搗毀點燃的帳篷，只有尚未熄滅的火光與濃煙，只有狼藉遍地的屍體，人的屍體、馬的屍體，還有折斷了的兵刃、弓箭、旌旗……

在這塊了無生機、浸滿鮮血的土地上，剩下的生靈只有幾匹逃散了又跑回來的戰馬，牠們守在死去的主人身邊不停叫喚著，顯示牠們的忠誠與悲痛。

在遠遠的山包前，出現了一小支騎兵隊伍。那支隊伍鑽出山溝，在暮色的掩護下慢慢地向前移動，漸漸地接近這個闃無人煙的營地。

遠處，點點篝火燃了起來，還隱隱傳來「嗚嗚」的號角聲，那是燕國軍隊在附近宿營。

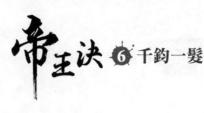

那支小隊伍在剛剛降臨的夜色中摸進那片廢棄的晉軍營地，為了不驚動附近的燕軍，那支騎兵沒一人出聲，坐騎頸脖上的銅鈴全摘除了，每匹馬的馬蹄上還包裹著羊皮。

為首一匹高大的栗色戰馬上騎坐的，便是漢王唐一明，他頭戴鋼盔，身穿戰袍，外面披著一件龍鱗鎧，腳上蹬著一雙戰靴，銳利的目光警惕地注視著周圍。

眼前的這片淒慘景象讓那些騎士們沉重地低下了頭，他們漸漸圍攏在唐一明的周圍，唐一明輕輕地喊了聲「下馬」，便首先跳下馬來。

他牽著馬穿行在營地裏，幾匹戰馬正在那裏兀自的嘶鳴，看著這番淒慘情景，唐一明緊緊咬住了嘴唇，一句話都沒有說。

營地裏還有簇簇尚未熄滅的火光，唐一明輕輕地擊了一下掌，騎士們應聲圍了過來。

唐一明低聲說道：「大家快動手，看看還有沒有喘氣的？」

「大王，燕軍的連環馬實在太厲害了，所過之處，沒有一個人能夠存活下來，這些可憐的晉軍士兵，雖然身上穿著我們漢國製造的鋼甲，手中拿著我們製造的武器，然而面對燕軍的連環馬陣，每個人都被馬蹄踐踏得血肉模糊，哪裡還能有活口。」一直站在唐一明身後的陶豹感慨說道。

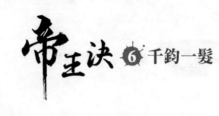

「哎！算了，估計也不會有什麼活口了，即使有，也被燕軍當做俘虜給帶走了。陶豹，這是多少次戰鬥了？」唐一明嘆了口氣，問道。

陶豹道：「大王，第四次戰鬥，還是晉軍敗，燕軍勝。」

「哎！走吧，回徐州！」唐一明翻身上馬，大聲喊道。

不多時，這三十來個騎士離開了這片營地，又消失在山包後面。這裏是豫州的譙郡戰場，燕國平南將軍慕容正率領三萬精銳鮮卑騎兵，突然襲擊了晉軍駐守在譙郡的一萬士卒，使得沒有任何防備的晉軍士兵多數死在燕軍的鐵蹄之下。

幾天前，駐守關中長達一年之久的燕軍，突然有二十萬人馬以迅雷不及掩耳之勢回到了洛陽，在大將軍慕容恪的指揮下，將二十萬精銳之師分別陳兵在漢國和燕國的邊境上。

對於燕軍這一佈局，唐一明早有預料，於是他便派人化裝成燕軍，秘密渡過泗水，偷襲了晉軍在淮南的駐軍，然後詐敗而走，將晉軍一路引向燕國的地盤上。

燕軍不明情況，看見大批晉軍在追逐自己的部隊，駐守譙郡的燕國郡守便主動出擊，與晉軍混戰在一起，漢軍所化裝的燕軍趁機撤離了戰場。

燕軍和晉軍一陣廝殺後，互有死傷，後來晉軍援軍趕到，兩下一起夾攻，乘勢奪取了燕軍的譙郡。

燕國新上任的豫州刺史慕容正知道譙郡丟失，認為是晉軍不宣而戰，便帶著三萬精銳重新奪回了譙郡，並且一直追擊晉軍，四戰四捷。

唐一明所去的那片戰場，便是晉軍最後一撥人敗退後的景象。

回到徐州，唐一明命令徐州駐軍原地待命，百姓不許外出，全部回城。

州府衙門裏，唐一明坐在那裏，口中振振有詞地念道：

「……還望桓大司馬早日發兵，勿要讓鮮卑蠻夷盡占了大好河山，漢王唐一明拜上！」

在唐一明身邊不遠處，一個書生打扮的人，正握著毛筆在一張雪白的紙張上筆走龍蛇，隨著唐一明說完，他也放下毛筆，抬起頭道：「大王，寫好了！」

「嗯！等墨跡風乾的時候，你就將它裱起來，送到斥候那裏，傳我命令，讓斥候火速送往建康的大司馬府。」唐一明交代道。

那書生「諾」了一聲，欠身說道：「大王，請用印！」

「印？什麼印？你是說……印章？」唐一明問道。

那書生點了點頭，道：「正是，莫非大王沒有印鑑？」

唐一明道：「有是有，只是那是寫國書的時候用的，之前刻的王印我又不能帶在身上，在王城裏沒有拿出來，寫這封信還要用印嗎？」

那書生緊持道：「無印不能顯示大王的威儀，此信雖然是普通書信，卻是大王所發，不用正式王印，也該用上大王的私人印鑑才是。」

唐一明回道：「本王沒有私人印鑑，姑且就這樣吧，你發出去就是了。」

那書生搖搖頭，道：「大王，萬萬不可。桓溫身為晉朝的大司馬，如今更是權傾朝野，所有大事全部由他負責，晉朝天子如同虛設。自從會稽王司馬昱失勢以後，桓溫更加驕橫，如果大王不加蓋印鑑，只怕桓溫會有所慢待。大王，屬下這就去命人為大王刻一方印鑑，最多半個時辰便可完事。」

「呵呵，看來金勇把你送到我身邊還真是有好處。魏舉，這件事就交給你辦吧，早半個時辰晚半個時辰沒有什麼差別，只要能夠把信送到桓溫的府上，就是大功一件。」唐一明道。

那書生便是魏舉，一年前，魏舉在晉朝遭到懷疑，為躲避晉軍的追捕，便從建康來到漢國，一直留在唐一明的身邊。

魏舉拜謝了一聲，走出了大殿。

晉朝，建康，大司馬府。

「渾蛋，渾蛋，渾蛋的燕軍，渾蛋的鮮卑人，渾蛋的蠻夷！」桓溫氣急敗壞的大罵了四個渾蛋，足可以見他是多麼的氣憤。

唐一明的書信還沒有到，晉軍敗績的消息便先傳來，駐守淮南的兩萬晉軍被燕軍偷襲，十有八九都死了，對於燕軍的不宣而戰，桓溫氣憤到了極點。

兩年前，他曾經在關中與燕國大將軍慕容恪對峙數月，退兵時，兩個國家的最高軍事統帥有過一次會面，並且訂下了一條不成文的約定，兩國友好，互不侵犯。

這個約定雖然沒有達成，但是兩年來，燕軍和晉軍的邊線上從未發生過任何衝突。

剛剛平定整個大西北的燕軍需要充分的休息，晉軍雖然不需要太多休息，但是面對每半個月才從漢國交換而來的裝備和武器，他們也在等，等著用這些換取的裝備和武器配備給更多的晉軍士兵。

兩年來，燕、晉、漢三國雖然鼎足而立，卻從未發生過戰鬥。

此次對於譙郡之敗，桓溫竊以為恥，當即下令道：「調集大軍，準備攻打燕軍，本府要北伐！」

此話一出，桓溫的智囊團中，謝安急忙反對道：「大司馬萬萬不可！譙郡之敗雖然使得我大晉損兵折將，但是究其戰因，卻不是十分明瞭，敗軍士卒回報，只說燕軍來襲，可是當我軍打到譙郡的時候，反而輕而易舉地將城池奪下，只怕這其中是有人故意挑撥。屬下懇請大司馬收回成命！」

此時，王羲之不在，反對之人只有謝安一人，其他人都贊同出兵。桓溫聽取意見之後，果斷說道：

「本府隱忍兩年，厲兵秣馬，為的就是等到這個日子的來臨。既然燕軍先不宣而戰，那我軍就更加不必客氣了，如果不奮勇上前，只怕燕軍當我們是縮頭烏龜。如今兵甲備齊，糧草充足，又是陽春三月，正是出征的好時機，本府已經決定，再有多言者，定斬不饒！」

第二天，唐一明的書信到了，桓溫流覽完畢，更加堅定了北伐的信念。他雖然是大權獨攬，但是還有一些人不服他，為了加強自己的個人威望，他便上奏晉朝天子，討來出征北伐的詔書。

詔書一到手，桓溫就立刻命令羅友進軍宛城，謝尚進軍譙郡，桓雲進軍汝南，各率五萬精銳。他自己則親自統領水陸大軍十五萬，從建康出發，陳兵淝水。

從建康到合肥，沿途的路上旗幡招展，人聲如潮，戈矛成林，刀劍如海，各路大軍、兵種從四方調來，匆匆地向北方集結。

晉軍士兵都身披重甲，身材魁梧，孔武有力，驕橫的臉上滿是一副不可一世的氣概；一隊隊步卒束髮裹腿，挾弓挎箭，手執矛戈，簇擁著向前緩慢地行走。

塵埃與汗水把那些步卒的臉面弄得污穢不堪，粗布製成的橙色軍服印出了一片片白花花的鹽漬，但他們仍然齊整地行進著，顯示出一種訓練有素的軍事素質。

戰馬嘶鳴，一隊隊騎兵不斷超越身邊的步卒，向前趕去。他們身披鎧甲，精神抖擻，策馬小跑，在擁擠的道路上，拉開長長的隊列，揚起一道厚厚的沙塵。

轔轔的騾馬大車拉著重武，一架架高大的拋石機，一台台巨型弩床艱難地行進在道路上，鞭哨聲、吆喝聲不絕於耳，無論是馭手還是牲口都大汗淋漓，運載糧秣的車輛與挑夫來來往往，更是不絕於道。

聲勢浩大的晉軍開始了北伐，三十萬兵將以豫州、徐州一帶為重心，向北行走。

桓溫北伐，有他自己的打算，兩年來，晉朝和漢國貿易不絕，為了能夠得到漢國的武器裝備，晉朝不惜用重金購買，使得財富外流，倒是繁榮了漢國。

可是此次北伐，雖然目標是燕國，但是面對夾在晉朝和燕國之間的漢國，桓溫也想將其吞併，所以，他才將北伐的重心放在豫州和徐州一帶。

第九章

決戰前夜

謝安點點頭道：
「唐一明雖然回絕大司馬，卻並未公然與大司馬為敵，
如果唐一明真的和燕軍聯起手來，我軍也極難對付，
不如先攻打燕國，等佔領了中原之地，
與燕軍決戰之後，再收拾唐一明不遲！」

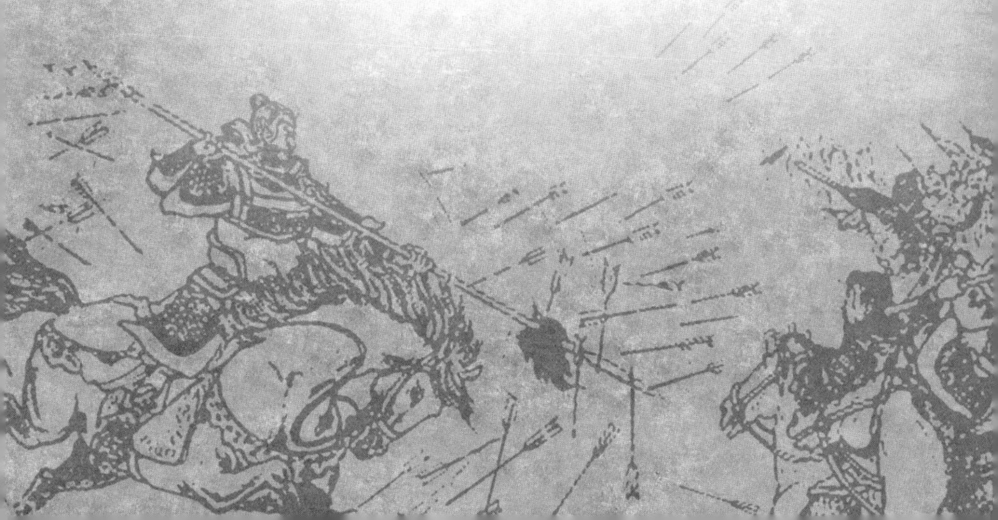

燕國，陳留行轅。

高高的灰牆，黑漆漆的大門，重重院落顯示著行轅的森嚴。行轅周圍，雄赳赳的鮮卑武士五步一崗、十步一哨，閒雜人等被驅趕得乾乾淨淨。

轅門口蹲踞著兩隻巨大的石刻狻猊，簡潔而粗獷的線條勾勒出凶猛與威嚴。轅門前正中的旗桿上，高懸著一面丈許的大纛，中間繡著斗大的「燕」字，轅門兩側停滿了文武官員的車馬。

兩排高大的武士架起了刀門，從轅門口一直通往議事的大廳，明晃晃的刀斧寒光閃爍，透出一股凜然的殺氣。

行轅內，燕國皇帝慕容儁端坐在龍椅上，面對滿朝文武的朝賀，他卻沒有一絲的高興，因為燕軍正在面臨著一場大戰。

慕容儁面色蠟黃，身體消瘦，就連眼神也變得呆滯，與兩年前那個英氣勃勃、容光煥發的樣子大有不同。他的眼窩深深地陷了進去，不時地咳嗽兩聲，說道：

「諸位愛卿，晉軍北伐，大舉而來，據斥候來報，這次領軍的主將是桓溫，晉軍更是軍容整齊，裝備精良，實在是不可小覷。朕到此地，不為別的，就是為了督戰，以我鮮卑之勇武，大燕之豪氣，必然能夠一舉而擊敗這支軍隊。」

「陛下萬歲，我軍必勝！」眾位朝臣大聲喊道。

「玄恭，桓溫浩蕩而來，不知道你可有破敵之策？」慕容儁咳嗽了一聲，問道。

慕容恪看見慕容儁不停地咳嗽，便關懷地說道：「陛下，保重龍體要緊啊！」

慕容儁呵呵笑道：「放心，朕的身子還硬朗著呢，只是前幾天偶感風寒而已。」

慕容恪早已心知肚明，慕容儁體內中毒，能苦苦地撐過這兩年實屬不易，他不願再過多地去追問慕容儁，當即朗聲道：

「啟稟陛下，我大燕自從西征以來，歷時一年零三個月，剿滅秦國、涼國、代國，平定了大西北，使得燕國的疆域大大地增加了不少；但是，秦國皇族尚未完全抓到，秦國當年的丞相符雄和名將鄧羌至今下落不明，涼國雖然滅其族，卻未能使得心服，而代國餘孽遠遁漠北，此三者都是我大燕的不穩定因素。」

慕容恪頓了頓，看看慕容儁的表情，見慕容儁沒有膩煩，便繼續說道：「另外，泰山漢國的唐一明，經過兩年發展，不僅奪去了三韓之地，而且還從塞外通過貿易購進不少馬匹，據斥候回報，漢軍已經擴展到二十五萬，其中騎兵六萬，海軍六萬，步軍十三萬，實力不容忽視。此次桓溫北伐，如果漢軍幫助晉朝，我軍必然會陷入兩線作戰。微臣建議，派一個可靠使者出使漢國，先打探一下漢國的消息，然後再做合理的戰略部署！」

「嗯，就依照大將軍的意思。以你的意思，當派何人出使漢國才好？」慕容儁問道。

慕容恪環視一圈，當目光掃過慕輿幹的時候，但見慕輿幹臉上十分的緊張，皮笑肉不笑地衝慕容恪笑了笑，然後急忙扭轉頭顱，不敢再直視慕容恪。

「陛下，臣以為此次出使漢國非比往常，必須派遣一位牢靠穩重之人，也必須是在我大燕國內舉足輕重的人。吳王慕容垂貴為我大燕皇室，又是大燕第一武士，如果能夠派吳王出使，事情必然能夠事半功倍，一來，昭和公主尚在漢國，二來，漢王帳下人才濟濟，若非一個有膽有謀的人，絕難完成此事！」慕容恪力諫道。

慕容俊看了一眼慕容垂，想了想，當即說道：「吳王聽封！」

「臣在！」慕容垂走出班位，跪在地上，大聲喊道。

「朕命你為持國使出使漢國，慰問漢王唐一明和公主慕容靈秀，務必要使漢王不得幫助晉朝，如果能夠使得漢王幫助我軍，你就是大功一件！」慕容俊道。

慕容垂拱手道：「臣遵旨！不過，臣有一個請求！」

「什麼請求？」慕容俊問。

慕容垂道：「臣聞慕輿幹曾經多次出使漢國，路途熟悉，臣初次到漢國，缺少一位助手，想讓慕輿幹當臣助手。」

慕輿幹急忙說道：「陛下，臣最近有腿疾，無法騎馬……」

「無法騎馬也無妨，我會用馬車將你拉去的。」慕容垂道。

慕容俊點點頭，道：「就這樣定了，慕容垂為正使，慕輿幹為副使，一起出使泰山漢國！」

迷人的春天慷慨地散佈著芳香的氣息，帶來了歡樂和幸福。可是，在整個中原大地上，卻瀰漫著硝煙的味道。

桓溫北伐了，這正是唐一明所期望的，然而現在卻成了他最為擔心的事。

漢國徐州城的府衙內，唐一明正在凝視著攤開在面前的地圖，半天沒有說一句話。

「大王，看來我們的計策成功了，這次桓溫真的出征了！」站在一邊的李國柱歡天喜地地道。

「桓溫是北伐了，可是他不將目標定在河洛一帶，卻定在了緊挨著的豫州、徐州，這背後並非那麼簡單。」魏舉捋了捋下巴上那寸把長的鬍子，淡淡說道。

「管那麼多幹什麼？反正只要燕軍和晉軍打起來，大王的計策就算成功了，咱們也可以坐山觀虎鬥了。」陶豹顯得很興奮地道。

「豹哥，話不能這樣說，萬一戰火燒到徐州，我們想避都避不了。」孫虎憂心地說。

「敢！諒他桓溫長了十個老虎膽，也絕不敢攻打徐州！這兩年，咱們在邊防重地佈置了許多炮塔，單就說這徐州城周圍就有十個炮塔，環繞城池一周，他們誰敢來送死？」陶豹瞪大了眼睛，不服氣地道。

唐一明看著魏舉，問道：「給黃大的信送出去了嗎？」

魏舉微微欠身道：「已經送出去了，如果不出現什麼意外的話，大概二十天後就能到三韓之地。」

「嗯，我們境內有二十五萬兵馬，黃大在三韓之地也有五萬，加起來一共三十萬，一個半月後，不管戰火有沒有燒到我們漢國境內，總之，我們都不能再坐視不顧。燕、晉兩國之間的戰爭是我們挑起來的，也應該由我們來結束。兩虎相爭必有一傷，不管誰勝誰負，中原之地，我軍一定要佔領！」唐一明正色說道。

此時，從門外進來一個士兵報告道：「啟稟大王，燕國使者慕容垂、副使慕輿幹、晉朝使者袁宏都已經到了徐州城，正在府衙外面等候大王接見！」

「哦？居然兩國的使臣全來了！也好，省得我一個一個地接見了。讓兩國使者同時到府衙來，本王一起接見！」唐一明命令道。

「大王要一起接見？只怕不妥吧？」魏舉趕忙道。

唐一明嘿嘿笑了笑，對站在門口的士兵說道：「沒有什麼不妥的，你快去讓他們進來吧。」

不多時，從大廳外走來三個漢子，慕容垂、慕輿幹、袁宏三人見到唐一明，立時拜道：「參見漢王！」

唐一明端坐在椅子上，見慕容垂比以前黑了些，體格更加健壯，便笑道：「這不是燕國的慕容垂嗎？什麼風把你給吹來了？」

慕容垂身披亮銀鋼甲，頭戴一頂鋼盔，站在大廳中屹然雄偉如山，眼睛炯炯有神，目光犀利異常，散發著一種睥睨天下的氣勢，正兀自地打量著唐一明。

「喂！你看什麼看？俺家大王問你話呢！」

陶豹見慕容垂的目光始終盯在唐一明的身上，也不搭腔，便對著慕容垂一聲大喝。

慕容垂斜眼看了下陶豹，見陶豹還是依舊那樣醜陋，只是兩年未見，陶豹卻顯得更加雄壯了，便微微一笑，說道：「是你？原來你還沒死啊？」

「呸！狗嘴裏吐不出象牙來，你都沒有死，俺怎麼好意思死在你的前面？」陶豹大咧咧地罵道。

「陶豹，不得無禮！」唐一明呵斥道。

陶豹退到唐一明身後，目光卻緊緊地盯在慕容垂的身上。

慕容垂也不去理會陶豹，欠身答道：「參見漢王！我此次前來，是為了兩國友好而來，並且帶來了一匹寶馬和十車金銀珠寶，轉呈我大燕皇帝的意思，希望能和漢王繼續和睦相處。」

「哦？大舅子又跟我客氣了，咱們都是一家人，何必見外呢？老是讓大舅子如此破費，本王的心裏實在過意不去；不過，既然是大舅子的一番心意，那本王就收下了，只是不知道那匹寶馬是否是火風？」唐一明道。

慕容垂聽到唐一明喊慕容俊為大舅子，也不以為然，反正他本來就跟慕容俊有點過節，這兩年來雖然慕容俊沒有找他的麻煩，卻也在一直防著他。

他點點頭，不動聲色地說道：「正是火風，陛下聽說昭和公主沒有良馬騎乘，便特別讓我將此馬送來。」

「大舅子可真是客氣啊，送馬就送馬吧，還附帶金銀珠寶……

不過，本王境內都是一些不值錢的東西，在渤海之濱盛產海魚，大舅子要是不嫌棄的話，哪天本王派船給大舅子送上一些海魚，也讓大舅子嘗嘗鮮。當然，你這個小舅子也是少不了的！」唐一明故意調侃道。

慕容垂聽唐一明喊他小舅子，心中雖然惱火，臉上卻依舊微笑道：「漢王美意，我一定轉達陛下。」

唐一明又看了看慕輿幹，問道：「慕輿將軍，上次送給你的那幾車財寶，不知道你用完了沒有？要是用完的話，本王這裏剛好還有幾車，不妨請你一併拉回去。」

慕輿幹臉上一怔，用眼睛的餘光看了看慕容垂，見慕容垂的目光裏充滿了殺意，心中便嘀咕道：「這個唐一明，怎麼在這個時候提這件事？事到如今，只有裝作什麼都不知道了，反正慕容垂也不知道我的事。」

他嘿嘿笑道：「漢王可不要冤枉我啊，我什麼時候收過漢王的財寶了？」

唐一明呵呵笑道：「不是你？哦，那我肯定是記錯了，如果不是你的話，那就一定是慕輿根了，你看我這記性……」

慕輿幹打斷唐一明的話，叫道：「不是我，也不是慕輿根，你肯定是記錯了。」

「哼！做過的事就要承認，死不認賬，以為別人都是傻子嗎？」慕容垂站在一邊，冷冷地說道。

「吳王，我……」慕輿幹道。

「好了，也許真的是本王記錯了，因為來我國的使者很多，不是你們燕國，那就一定是晉朝的了。哦，本王想起來了，是諸葛攸，對，就是諸葛攸！」唐一明十分肯定地說道。

一直站在大廳裏看好戲的袁宏，此時聽到唐一明的話，不禁大吃一驚，急忙否認道：「漢王，我朝的人怎麼會……」

「不提了，不提了。對了，你來漢國做什麼？」唐一明打斷袁宏的話，問道。

袁宏看了一眼慕容垂和慕輿幹，說道：「在下也是為了兩國友好而來，奉大司馬命令，想請漢王與大司馬一起會師於譙郡，共同作戰，驅逐胡虜！」

「哦？那你們沒有什麼表示？」唐一明道。

袁宏怔了一下，叫道：「漢王，你要什麼表示？你以為我們晉朝都和那些胡虜一樣嗎？大司馬嚴令，命漢王出兵譙郡，協助謝尚作戰，事成之後，大司馬可以將整個譙郡全部給漢王作為屬地！」

唐一明見袁宏穿著一件青藍色長袍，袍子的質地十分華貴，袁宏相貌一般，但帶著一股儒雅之氣，更難遮掩身上的驕狂之氣。他知道袁宏是桓溫智囊團裏的，袁宏的意思，就是桓溫的意思；從這層意思看來，似乎漢國已經成了桓溫任意驅使的國家，彷彿漢國已經臣服於桓溫，讓他覺得很是不爽。

「命令？哼！他桓大司馬的命令幾時可以囂張到在我漢國境內隨意驅使了？你回去告訴桓溫，我是漢王，堂堂的一國之主，他只是一個大司馬而已，還沒有命令我的權力。」唐一明怒道。

慕容垂聽到這話，心裏竊喜，也對桓溫的驕橫有所不滿。

袁宏聽到這話，指著唐一明的鼻子大聲道：「唐一明，我奉勸你還是收回剛才說的話，我天朝大軍三十萬，這只是先頭部隊而已，後面還會陸續增援三十萬，你要是聽大司馬的命令也就罷了，他驅逐了胡虜，你還可以做你的漢王。如果你執意如此，跟大司馬叫板的話，只怕你的漢國會頃刻間化為烏有！」

「滾你媽的蛋！今天看在你是使臣的分上，我就放了你，你回去告訴桓溫，我不會出兵的，不過，只要誰敢在老子的地盤上撒野，老子一定讓誰吃不了兜著走！」唐一明大怒道。

「漢王，你說這話不後悔？」袁宏沒有一點害怕的意思。

「後悔個鳥？俺家大王說一不二，你快點滾回去，讓桓溫把脖子洗乾淨了，等著俺親自去砍掉他的腦袋！左右！把這個不知趣的晉朝使臣推出去，轟出徐州城！」陶豹立即大踏步走到袁宏面前，一把揪住了袁宏的衣領，大聲罵道。

兩名衛士走進大廳，兩個人一架，便將袁宏給架了出去。

袁宏邊走邊大聲叫道：「唐一明，你如此對待我天朝使臣，你的死期也不遠了！」

「把他的嘴給我堵住！」陶豹大聲喊道。

袁宏被架了出去，這是唐一明早就計畫好的，因為他從桓溫的戰略意圖上不難看出，桓溫是想趁著這次北伐連鍋端，不管漢國還是燕國，只要不聽他的話，都一起消滅。就算唐一明暫時順從，到最後也必然會遭到桓溫的暗算；與其被暗算，倒不如早點了結此事，劃清界限。

晉朝這兩年從漢國那裏得來不少好裝備，足夠裝備幾十萬人的，再加上一直購進的炸藥，使得桓溫越發地囂張起來，尤其是他在政治上擊敗了司馬昱，將大權獨攬在手中，越發的驕狂了。

看到袁宏被轟了出去，慕容垂臉上面無表情，欠身說道：「漢王，陛下尚有一事想請漢王幫忙，不知道漢王肯不肯？」

唐一明不問也知道是什麼事，可還是故意地問道：「什麼事？」

慕容垂道：「如今晉朝桓溫當政，起北伐大軍三十萬，後續部隊還不知道有多少，頗有席捲八荒之勢。漢王是聰明之人，自然能夠看出桓溫的用意，如今我軍和漢王都面臨威脅，如果兩家能聯起手來，一起對抗晉軍，以燕軍之驍勇，漢王之智謀，自然能夠擊敗晉軍。擊敗晉軍之後，我大燕必然會乘勢南下，到時候和漢王一起進軍，所攻略的土地，你我兩家一分為二，如何？」

「哦，這事啊？將軍也知道，我漢國民少兵弱，守護疆土都嫌不足，又哪裡來的那麼多兵去和晉軍交戰？不過，貴國和我漢國是親戚，為了表示我們繼續友好的誠意，將軍可以回去轉告大舅子，我願意派出一支小股部隊，和貴軍成為犄角之勢，互相策應，如何？」唐一明道。

慕容垂聽唐一明這麼說，知道了他的意思，便欠身說道：「如此最好，還請漢王遵守諾言，我回去之後便轉告陛下。」

「很好，天也不早了，我已經命人備下薄酒，將軍就留下來共飲一杯吧！」唐一明力邀道。

慕容垂推辭道：「多謝漢王美意，只是這事情很急，就不叨擾漢王了，等以後擊敗了晉軍，我們再一起慶祝不遲。漢王保重，在下告辭！」

唐一明道：「送客！」

晉朝，壽春城。

府衙大廳內，袁宏正在侃侃而談，座上桓溫聽得仔細。袁宏從徐州回來後，將唐一明的話原封不動地轉告給桓溫。

「唐一明真的是這樣說的？」桓溫聽了問道。

袁宏道：「下官所說句句屬實，不敢有半點隱瞞。」

「哈哈哈！」桓溫突然站了起來，大聲地笑道：「好啊，唐一明長見識了，敢跟本府叫板啦！也好，也省去我許多麻煩。後續大軍準備的怎麼樣了？」

坐在幕僚椅上的謝奕起身答道：「啟稟大司馬，後續大軍正在徵調中，只是路途偏遠，估計到達壽春也是一個月後的事情了。」

桓溫道：「諸位，你們以為現在本府是否可以對徐州展開攻擊？」

郗超道：「大司馬，現在還不是時候，以學生之見，現在唐一明還不敢公然跟我軍作對，即使是拒絕出兵，也不會同意燕軍出兵，只會坐山觀虎鬥。」

「哼！想坐收漁翁之利？門都沒有，傳令下去，羅友、謝尚、桓雲對燕軍展開攻擊！桓秘率領水軍沿淮河北上駐守淮北，本府要敲山震虎，震懾一下這個不聽話的唐一明！」桓溫令道。

「大司馬，萬萬不可。」謝安聽了，立即阻止道。

桓溫道：「有何不可？先發制人總勝過被動吧？」

謝安道：「其他三路軍皆可進行攻擊，只是桓秘的水軍不可渡淮北上。」

郗超附議道：「大司馬，學生也贊同謝大人意見。此時已經是四月，如果水軍渡淮北上，停留在泗水一帶，河道窄小，不能並排行走大船，而且北方旱季快要來臨，一旦旱季，河水必然下降，到時候水軍想退回來都很難，雖然駐守淮北，卻成為步軍，發揮不出水軍的優勢來。」

桓溫看了謝安一眼，問道：「安石，你也是如此意見嗎？」

謝安點點頭，道：「此其一也；其二，唐一明雖然回絕大司馬，卻並未公然與大司馬為敵，大司馬如果派遣水軍駐守淮北，只怕是在公然向唐一明挑釁，如果唐一明真的和燕軍聯起手來，我軍也極難對付，不如先攻打燕國，等佔領了中原之地，與燕軍決戰之後，再收拾唐一明不遲！」

桓溫想了想，道：「那好吧，就依照你的意思，本府收回水軍渡淮的命令。」

「大司馬英明！」謝安、郗超一起拜道。

桓溫擺擺手，說道：「讓車胤多多徵集糧草，本府這一次要徹底光復舊都，將胡虜趕到黃河以北去！」

「諾！」

與此同時的燕國境內，陳留行轅。

慕容儁的身體一日不如一日，又偶受風寒，身子更加惡劣了。他躺在龍榻上，身邊環繞著慕容恪、慕輿根、慕容評、陽鶩、皇甫真、常煒等人，重重地咳嗽了幾聲後，緩緩說道：「朕的身體不知道怎麼了，這幾天來，一日不如一日，太醫也束手無策，只怕命不久矣……咳咳咳……」

「陛下，你不會有事的，只要好好養病，不出三日，必然會好起來的！」慕容恪眼眶裏浸滿了淚水，抽噎道。

慕輿根看到慕容儁奄奄一息的樣子，臉上表現得十分傷感，斜眼看了慕容評一眼，見慕容評嘴角似有似無地露出一絲微笑，心裏十分的舒暢，暗想道：「都四年了，你終於撐不下去啦，也就幾天了，你要是再不死，我的頭髮就真的全白了！你放心，等新帝繼位之後，我一定會好好的加以輔佐……嘿嘿，嘿嘿嘿……」

「玄恭，你不要勸慰朕了，朕的身體朕自己知道。只是，大燕如今面臨危險，朕不能就這樣去了，就算撐，朕也要撐下去，撐到晉軍被擊敗的那一天。朕已事先立下遺詔，朕二子早夭，如今就慕容暐這麼一個兒子，今年才三歲，朕死後，便可讓他嗣位，由大將軍親自輔佐……咳咳咳……」慕容儁聲音十分微弱地說道。

慕容恪急忙說道：「陛下，你不會有事的，好好養病才是最重要的，其他的事，就交給臣弟來辦吧。如今晉軍虎視眈眈，我大燕雖然基本上統一了北方，但是民心未穩，此戰只能勝不能敗。陛下，你放心，臣弟無論如何都要擊敗晉軍，保我大燕江山無虞。」

慕容儁聽後，伸出顫巍巍的手，緊緊地抓住了慕容恪的胳臂，眼眶裏浸滿淚水，喃喃說道：「玄恭，朕這一生很短暫，但是能夠有你這個兄弟，朕就心滿意足了，暐兒就託付給你了。」

「陛下……」眾人一起跪在地上，哀道。

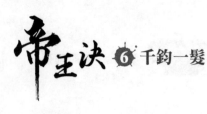

「咳咳咳……」慕容儁不斷咳嗽著，努力交代道：「如今是非常時期，朕就要用非常手段……咳咳咳……傳朕旨意，冊封慕容暐為太子，慕容恪為太宰，總錄軍國大事，慕容評為太傅、慕輿根為太師、陽騖為太保，常煒為尚書，愛卿等共同輔佐太子，聽候太宰的命令，不得有誤！」

「臣等遵旨！」

慕容儁突然緩緩地坐起身子，握著慕容恪的手，說道：「玄恭，朕想親眼看看我們大燕國的軍隊，想再看一眼我們大燕的武士，也想親自封你為天下兵馬大元帥，以彰顯朕對你的榮寵！」

「陛下身體如此虛弱，又怎麼能夠上得了點將台？」慕輿根忙阻止道。

慕容儁斥道：「住口！朕就是想趁著還有一口氣時……咳咳咳……」

「陛下，這事不急，等以後陛下身體好了再做不遲！」慕容恪勸道。

「玄恭，不用多說，傳朕旨意擺駕點將台，朕要登臺拜將！」

慕容俊掙扎著站起身來，幸虧有慕容恪在一旁扶著，否則的話，非一個踉蹌倒在地上不可。

眾人拗不過慕容俊的意思，只好急忙吩咐下去，將陳留的所有軍隊全部集結在校場。

第十章

坐山觀虎鬥

唐一明道：
「慕容恪故意採取堅壁清野的策略，將晉軍引入許昌。
他知道我覬覦中原之地，故意以退為進，
將中原丟給晉軍，到時候，
我軍若要搶佔中原之地，必然要和晉軍打起來，
他便變成觀戰的人，可以坐山觀虎鬥了！」

陽光明媚，春意盎然，飛鳥從天空中飛過，不帶走一片雲彩。點將臺上，慕容俊身披龍袍，頭戴皇冠，強作精神地站在那裏，微風拂面，吹得龍袍衣角呼呼作響。

在他身後，慕容恪、慕容評、慕輿根、陽鶩四人並排站立，但見慕容俊抬起虛弱的手臂，高高舉過頭頂。

慕容俊看著站在校場上的數萬大燕軍隊，各個精神飽滿，身材魁梧，嘴角不禁露出一絲笑容，用力喊道：

「大燕萬歲！」

「大燕萬歲！萬歲！萬萬歲！」

「陛下萬歲！萬歲！萬萬歲！」

校場上數萬大軍齊聲喊道，聲音滾滾，如同巨雷，直沖雲霄。

慕容俊聽到士兵的喊聲，掃視著校場中的每一個人，心中感慨道：「萬歲？真是諷刺啊。朕才活了三十六歲，居然就要遠離人世了，這萬歲……只是個稱呼罷了，朕能當一回萬歲，也算是值了！」

想到這裏，慕容俊便振臂高呼道：「你們都是我大燕的勇士，我大燕的勁旅，如今晉軍北伐，目標直指我大燕國，養兵千日用兵一時，也該是你們上陣殺敵的時候了。朕今天將你們召集到這裏，就是想完成一件事，朕要將這大燕國的兵馬全部交給大將軍，為了大燕，朕特命大將軍為我大燕國的天下兵馬大元帥、太宰，總攬大燕一切軍國大事！朕希望你們能夠跟隨大元帥，一起擊敗來犯之敵，一起為我大燕國立下功勞！」

「陛下萬歲！大元帥千歲！」

慕容俊轉過身子，將慕容恪拉到身邊，親自解下腰中所繫著的一把長劍，交到慕容恪的手裏，說道：

「玄恭，朕賜你寶劍，從此以後，見劍如見朕，誰要是敢不聽從你的命令，你便可用此劍砍下他的頭顱！」

慕容恪撲通一聲跪在地上，手捧長劍，激動地道：「謝陛下隆恩，臣弟必當竭盡全力，振興我大燕，雖死無憾！」

慕容俊聽了，滿意地露出笑容，轉身朝台下走。

他本想去台下問慰一下各位將軍，哪知剛向前跨了一步，就覺得眼前一黑，搖搖欲墜，腳下一個踉蹌，便摔倒在點將臺上，再也起不來了。

「陛下……」慕容恪驚呼道。

「陛下……陛下……」眾臣都圍了上來，急急喊道。

慕容恪探出手指，在慕容儁的鼻息下感受不到一絲的呼吸，當即發出一聲撕心裂肺的大叫：

「陛下……駕崩了……」

西元三五五年，四月初四，燕國皇帝慕容儁在點將臺上突然駕崩，享年三十六歲。（作者按：此為作者所編，非正史。）

陳留行轅內，慕容儁的靈堂前，百官跪在地上哭哭啼啼，突然慕容恪站起了身子，面色陰鬱，大聲叫道：「哭什麼哭！都給我站起來！」

「慕容恪，陛下剛剛駕崩，舉國悲痛，你竟然阻礙眾人哀思，到底是何居心？」慕輿根當即喝道。

「混賬東西！都給我起來，再怎麼哭，陛下也無法復生！」慕容恪一邊叫著，一邊走到眾官員的身邊。

「慕容恪！你到底想幹什麼？這裏是先帝的靈堂，不是你的大將軍府！」慕容評也發聲指著慕容恪的鼻子道。

不一會兒，原本悲哀的靈堂內立刻充滿了火藥味。

慕容評對於慕容儁臨死前的安排十分不滿，論資歷，論戰績，他哪一點不如慕容恪？就連當年的燕王世子之爭，也是他極力維護而來的，可以說，沒有他，就沒有今天的慕容儁。

他想不通，為什麼慕容儁竟把所有的大權全部給了慕容恪，因而對慕容恪十分嫉妒。

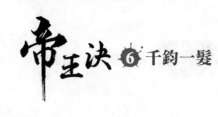

「大難當頭，我有工夫跟你們吵。按照陛下遺詔，我是太宰，總攬大燕所有軍國大事，如今陛下突然駕崩，於我大燕不利，此事一定要嚴加保密。太子遠在鄴城，雖說國不可一日無君，但是此時是非常時期，大敵當前，如果陛下駕崩的消息走漏了出去，不僅會影響到我大燕的士氣，亦會使晉軍更加瘋狂！」慕容恪分析道。

「太宰說得沒有錯，陛下駕崩，眾人心中都痛苦不已，但是事已至此，只能如此，我們應該秘不發喪，悄悄將陛下遺體運回鄴城，秘密安葬，等擊敗晉軍，再迎立新君，給陛下舉行國葬之禮！」一直保持沉默的陽騖朗聲說道。

「慕輿根！陛下遺體事關重大，你是朝中舊臣，煩請你將陛下遺體運回鄴城秘密安葬，照顧太子和皇后！」慕容恪道。

「太宰，我現在是糧草總提調官，眼下正是打仗的時候，我這樣一走，那糧草誰來負責？」

慕輿根不願意回鄴城，因為大燕四分之三的軍隊都在中原，掌握著糧草就等於控制了全軍，他和慕容評一樣失意，對慕容儁的安排也很不滿，委婉地說道。

「你放心，糧草總提調官自有人接替，你只需要安撫好太子和皇后即可！」慕容恪道。

慕輿根違拗不住，只好欠身拜道：「是大元帥！」

「慕容評，你帶五百親隨趕赴並州，替孫希鎮守並州，克日起程，不得有誤！」慕容恪吩咐道。

「什麼？你說什麼？讓老夫去鎮守並州？老夫不去，老夫要留在前線，請你另請高明吧！」慕容評立即抗議道。

慕容恪道：「皇叔，您老年事已老，陛下已經駕崩了，萬一你再有什麼閃失，我大燕國就如同失去了一條臂膀，鎮守並州同樣是大事，還請皇叔莫要推辭！」

慕容評冷哼道：「不去！陛下剛駕崩，你便利用陛下給你的權力驅除異己，你到底想幹什麼？並州苦寒，我這把老骨頭住不慣，恕老夫不從！」

陽鶩聽後，將慕容恪拉到一邊，小聲說道：「大元帥，陛下之死與慕容評極有關聯，大元帥已經派慕輿根回鄴城了，如果慕容評再去並州的話，他們兩個在後方一旦勾結起來，只怕也是後患無窮。慕輿根和慕容評兩個人都是陛下親近之人，也是最容易下毒之人，此刻晉軍大兵壓境，可以暫緩處理此事，還請大元帥三思！」

慕容評見陽鶩和慕容恪在一邊嘀咕，便問道：「你們在那邊嘀咕什麼？有什麼話，拿到臺面上來說，何必鬼鬼祟祟？」

慕容恪走到人群中，說道：「我也是為了皇叔著想，既然皇叔不想去，那我就只能另行委派別人去了。慕容軍，你可否願意鎮守並州？」

慕容軍與慕容評同輩，卻沒有慕容評那種囂張，他也知道鎮守並州是大事，便應聲道：「大元帥，你儘管下令就是，老夫義不容辭！」

「好，有皇叔這句話，我就放心了……」慕容恪滿意地道。

「四哥！這是怎麼回事？」慕容垂突然從外面走了進來，看到行轅裏設下了一個靈堂，趕忙問道。

慕容恪神色黯然道：「五弟，陛下駕崩了。」

慕容垂表情怔了一下，作為臣子，自然要給先帝下跪行禮，於是徑直走到靈堂前。但是他的心裡卻沒有一點哀傷，反而多了幾許歡喜，暗道：「死了最好，我就不會再受到你的監視了。」

跪拜完，慕容起來，轉過身對慕容恪說道：「四哥，陛下駕崩，這消息還沒有放出去吧？」

「暫時沒有，現在這個非常時候，只能秘不發喪，暫時穩定大燕局勢。」慕容恪道。

慕容垂點頭道：「四哥，你做得對。只是不知道新皇是誰？」

「是暐兒，陛下已經留下遺詔，讓暐兒繼位，封我為太宰及天下兵馬大元帥，總攬軍國大事！」慕容恪道。

慕容垂哈哈笑道：「太好了，放眼大燕，此等重任除了四哥之外，還有誰能夠擔當？」

此話一出，令慕容評、慕輿根兩個人心中十分不爽。與別人相比，他們兩個實在是太優秀了，但是與慕容恪相比較的話，兩個人和慕容恪之間還是存在著很大的差距，就連慕容垂也是一號人物，如果不是慕容儁一再打壓的話，只怕慕容垂也必然成為托孤重臣。

「道明，你剛從漢國回來，唐一明那邊可有什麼消息？」慕容恪追問道。

慕容垂道：「四哥，唐一明那小子耍滑頭，是指望不上了。不過，他和晉軍也鬧翻了，不會幫助晉軍的，可也不會幫助我軍，這小子，他想坐山觀虎鬥！」

慕容恪皺起了眉頭，道：「我一直在懷疑這場戰爭的起因，兩年前，我在關中曾經和桓溫立下過一個不成文的盟約，約好相互和睦，互不侵犯，為何……」

「別想了，不管是桓溫背盟也好，還是唐一明在暗中使詐，總之，現在桓溫大軍壓境，這才是真的。唐一明雖然答應派兵策應，但是我們不能指望他，如今晉軍三路攻燕，後續大軍還在秘密集結，如果中原之戰要是敗了的話，只怕大燕會在頃刻間崩潰，秦、涼、代三國的餘孽未除，到時候要是趁亂而起，我大燕辛苦兩年，死傷士卒二十萬，只怕也是徒勞無益。四哥，兵貴神速，該怎麼打，你就下命令吧！」慕容垂道。

「對，大元帥，該怎麼打，你就下命令吧，為了我們大燕，我們這仗絕對不能輸！」皇甫真此時亦挺身而出，附和道。

慕容恪環視眾人一圈，道：「這裏是靈堂，不是商議軍事的地方，必須先處理好陛下的後事。慕輿根，你這就整理整理，帶著陛下的遺體速回鄴城。」

慕輿根無奈，只得點頭同意。

一個時辰後，陳留的行轅內。

慕容恪聚集了眾位將領，朗聲說道：「晉軍分兵三路，桓溫更是坐鎮壽春，他的目標是兗州、青州、徐州和豫州一帶，唐一明的漢國也難免會捲入戰爭裏，不過，我們暫時不必理會唐一明的問題，唐一明想坐山觀虎鬥，咱們就演給他們看。」

「大元帥，俗話說，兩虎相爭必有一傷，如今我軍和晉軍都是傾全國之兵在此決戰，想必桓溫心裏也有數，未來幾十年的天下大勢都在此一戰，必然會對我軍進行猛攻。唐一明雖然與桓溫決裂，但是就目前的形式來看，桓溫暫時還不會和唐一明發生正面衝突，不管怎麼樣，都會誓死與我軍一戰。大元帥，我擔心的是，如果唐一明真的坐山觀虎鬥，在我們兩軍決戰之後，必然會發兵收拾殘局，到時候不管是幫助誰，他也將必然會佔領這中原之地。」陽鶩侃侃而談地道。

「大元帥，不管此戰是勝是敗，都必須考慮到戰後的問題，如果我軍勝了，自然要趁機南下，可也不能不防止唐一明，漢國這兩年在他的帶領下發展了不少，就連與之臨近的燕國百姓，也都嚮往到那裏去……總之，戰後的問題，必須安排妥當。」

慕容恪看了一眼說話這人，笑道：「傅將軍言之有理。」

說話那人，便是號稱燕國八大將之一的傅彥，他二十六七歲，中等身材，渾身肌肉綻露，異常結實，一雙深陷的眼睛透出智慧與精明，雙鬢長著細密捲曲的鬍子，又添了幾分成熟與老練，他的臉龐與身架像刀削斧砍一樣輪廓分明，顯示出一種力量與意志，站立在那裏矯健挺拔，真是鐵錚錚的一條漢子。

慕容恪頓了頓，說道：「那以傅將軍之見，我軍該當如何？」

傅彥拱手建言道：「大元帥，末將以為，晉軍大股而來，為的就是爭奪這中原之地。中原自古便是兵家必爭之地，我軍佔領以後，未曾讓中原有所發展，百姓也大多都居住在黃河以北，以前這裏是千里無人的地方，這次我們為何不能再次製造出一個千里的無人區？」

「哈哈，接著說！」

慕容恪聽得饒有興致，鼓勵傅彥繼續說下去。

「大元帥，我軍騎兵多，利於野戰，守城和攻城都不是很擅長，末將的意思是，堅壁清野，逼晉軍主力迎戰，只要擊敗了晉軍主力，其餘的軍隊就會聞風喪膽，乘勢掩殺，也能反奪回許多城池來。為了不讓唐一明能夠坐收漁翁之利，我軍必須派遣一支軍隊誘敵深入，將燕軍引到許昌進行決戰。」傅彥道。

慕容恪聽了，點點頭道：「傳將軍言之有理，傳我將令，命慕容正、慕容龍、慕容塵全線撤退，誘敵深入，將晉軍引誘到許昌一帶進行決戰！」

晉軍緊鑼密鼓的前進，燕軍卻名義上節節敗退，這未免增加了晉軍驕狂的內心，使得桓溫在壽春再也坐不住了，也不等後續大軍的到來，便將駐守壽春的十五萬兵馬一股腦地押到燕國的邊境線上。

可是，這場燕國和晉軍的生死較量卻是三方面的，唐一明和其部下的士兵都枕戈待旦，觀測時機，以求謀取在中原最大的利益。

徐州城中，每日往來的偵察兵絡繹不絕，基本上，每隔半個小時便會有一匹快馬馳回徐州城，將燕軍和晉軍的最新戰況報告給唐一明。

徐州城府衙內，唐一明端坐在一張椅子上，看著面前的地圖，自言自語地說道：「以燕軍的實力，不應該會節節敗退啊？」

「大王，燕軍經歷了一年多的血戰，損兵折將近二十萬，平滅了秦、涼、代三國，實力上難免會受到損傷，可是晉朝不同，這兩年來，一直趨於穩定，雖說前次桓溫兵臨關中無功而返，卻也沒有受到多大損傷，加上這兩年來又從我國得到了不少和燕軍相同的武器和裝備，實力上自然是大大的增加了，燕軍節節敗退也合情合理。」坐在一邊的魏舉分析道。

「話雖如此，不過以燕軍這種敗退的速度，倒像是在誘敵深入。你看，燕軍的敗退路線十分的有規律，為了不讓晉軍看出門道，他們且戰且退，每天都退兵一定的距離，這分明是詐敗之策。十天前，慕容正還在淮北一線，十天後，他居然能夠退守到譙郡之後，以慕容正的性格，又有三萬大軍，如果不是接到密令，根本不會這般一味的退讓！」唐一明一邊指著地圖上的一些地方，一邊對魏舉說道。

「大王，急報！」門外一個偵察兵大聲喊道。

「快進來！」唐一明大聲衝外面喊道。

偵察兵進入大廳後，敬了一個禮，便大聲喊道：「啟稟大王，慕容正又後撤了五十里！」

唐一明立刻問道：「向什麼方向退去了？」

「向西！」偵察兵答道。

唐一明急忙低頭看了看地圖，突然哈哈大笑道：「我懂了，這果然是燕軍的誘敵深入之計。」

「大王，常煒大人派人送信來了！」陶豹快步走入大廳，報告道。

「快讓來人進來。」唐一明立即擺手道。

不多時，一個漢子走了進來，向唐一明叩拜道：「小的奉常大人之命，特來拜見漢王！」

「這時候來到這裏，必然有要事相告，你且快說！」唐一明道。

那漢子道：「漢王，常大人讓小的轉告大人，慕容儁駕崩了，慕容恪已經接掌燕國軍國大事，一切兵權都在他的手中握著，他現在正採用誘敵深入的計策把晉軍引到許昌一帶，準備和晉軍主力進行決戰！」

「你……你說什麼？慕容儁駕崩了？什麼時候的事？」唐一明

詫異地道。

那漢子道：「十天前，慕容恪秘密封鎖了消息，讓慕輿根將慕容俊的遺體運回鄴城，秘不發喪，以免驚擾燕軍的士氣。漢王，小的不能在此久留，就先告退了！漢王保重！」

唐一明趕忙對陶豹說道：「陶豹，送他安全離開漢國！」

看到陶豹送走來人，唐一明又盯著地圖看了看，研究良久後，他拍了一下大腿，叫道：「慕容恪，你真是個天才，這樣的事也想得出來！」

「大王……怎……怎麼了？」魏舉不解地問道。

唐一明道：「這個慕容恪，怕我會趁火打劫，故意採取了堅壁清野的策略，將晉軍引入與我漢國相隔足有一千多里的許昌；如果燕軍勝了，就會沿著許昌南下；如果燕軍敗了，就會全線退守洛陽，將中原大片土地讓給晉軍。慕容恪知道我覬覦中原之地，故意以退為進，將中原丟給晉軍，到時候，我軍若要搶佔中原之地，就必然要和晉軍打起來，他便變成了觀戰的人，可以坐山觀虎鬥了！」

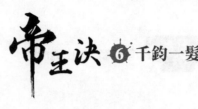

魏舉聽了，佩服地道：「此計甚妙，慕容恪確實是個名將，如果他能歸順大王的話，何愁天下不定！」

「呵呵，我也是這樣想的，可惜慕容恪是不會歸順我的，所以，要想打敗燕國，就必須先打敗慕容恪，既然知道了燕軍的真實意圖，那我就知道該怎麼辦了。魏舉，立刻修書一封，轉達相國，讓他帶著姚襄、劉三、黃二、孟鴻等八萬人隨時準備西進兗州，只要燕軍和晉軍的決戰開始，不管誰勝誰負，兗州都必須攻取！」唐一明斬釘截鐵地說道。

魏舉聽後，當即操持筆墨，洋洋灑灑地寫下一封書信，然後交給偵察兵，讓人送了出去。

漢國本土境內的二十五萬兵馬，讓唐一明一分為四，八萬軍隊陳兵在濟南和泰山一線，交給王猛負責，三萬海軍由蘇芷菁親自率領，漂浮在港口，相機而動；而他自己則帶著八萬軍隊駐守徐州，時刻關注著前線動向，其餘六萬士兵保衛漢國本土。

另外一方面，他早就給駐守三韓之地的黃大命令，命令他準備攻取遼東，不過，那時候也是五月底了，燕軍和晉軍的決戰，要麼還在進行中，要麼就已經結束了，但無論怎麼樣，都無法阻止黃大攻取遼東的意圖。

六天後，燕軍全部退守許昌一帶，而晉軍也大股而進，桓溫帶著十五萬主力大軍，陳兵在潁川與許昌的燕軍相持。

中原自古以來便是廝殺的戰場。只是現在的中原經歷了幾十年的動亂，已經成為無人之地，在許昌和潁川之間的這一大片開闊的地上，人煙罕見，植被稀疏，極目望去，蒼茫一片，周圍連接著高低不一、起伏綿延的山地，像一道道推開的波浪。

這片土地寂寥、淒涼，陣陣野風吹過雜草，露出埋在沙土中的堆堆白骨。遠遠近近都可尋覓到一架架人和馬匹的骨骸與折斷、銹蝕了的戈矛箭鏃。它們靜靜地躺在那兒，妝點著這片死寂的古戰場。

高遠的天上經常能見到幾隻慢慢滑翔的蒼鷹，牠們有時竟然一動不動，像掛在空中；有時則突然拍打著翅膀俯衝下來，似乎在提醒人們，這裏仍然是片活著的土地。

燕軍的主力經過長時間的誘敵深入，逐漸地全部會聚在這裏，足足有三十萬。慕容恪在這裏擺開了戰場，準備迎擊桓溫的大軍。

桓溫的大軍攻入燕國境內後，勢如破竹，進展十分順利，使得桓溫和晉軍都有了驕狂的氣息。雖然有謝安等人的勸阻，卻無濟於事，此時的桓大司馬已經被勝利沖昏了頭腦，他要一雪前恥，完成晉軍的北伐大業，光復舊都，同時也要成就他的豐功偉業！

幾天前，晉軍的探馬發現了燕國大軍的集結與動向。聽到燕國大軍全部退守在許昌，準備迎戰的消息，桓溫顯得十分興奮，他正盼望著一場決戰，消滅燕軍的主力，光復舊都。

桓溫先是命令羅友帶著他的前鋒部隊三千餘騎抵達許昌和潁川之間的曠野上，他們與燕軍的前哨部隊接觸後，雙方都不戀戰，各自退走。燕國大軍正在陸續開進到這一片無人的曠野上，守城對於燕軍來說太過繁瑣，他們喜歡野戰，在野外戰鬥勝利的機率遠遠大過在城中堅守。晉軍也忙於集結，各自都在為一場大決戰作準備。

連續三天，雙方在相隔二十多里的陣地上集結部隊，構築營地。夜間，只聽得鼓聲、號聲、馬聲、人聲會合成嘈雜的軍營交響，密密麻麻的篝火在兩軍陣地燃起，星星點點的燈火在遠處遊移，像成千上萬隻螢火蟲閃爍，雙方都在積聚力量，迎接即將來臨的那場廝殺。

就在燕軍和晉軍劍拔弩張的時候，誰也沒有注意到，唐一明帶著一個兩人的小分隊，他們化裝成晉軍的普通士兵，秘密地潛入到晉軍的陣地裏，並且在一個晉軍營地裏住了下來。

此時已經是五月，這時候中原的天氣開始漸漸地熱了起來，星羅密佈的夜空顯得格外美麗。風，輕輕地從不遠處的潁河上刮了過來，吹在人的身上，讓人覺得很是舒服。

夜空下，是一片偌大的營地，十幾萬晉軍全部屯駐於此，背後不遠就是潁河，前面相隔二十多里就是敵人，篝火密佈，照亮著周圍的一切，驅散開了夜的黑暗。

一堆篝火邊，晉軍的士兵環坐在周圍，篝火上放著一個燒烤的架子，架子上烤著一些鮮美的野豬肉，士兵們的手中都各自拿著一壺美酒，大家有說有笑的，一點也沒有戰前的那種緊張的氣氛。

當東方剛露出青白色的曙光，那淡淡的圓月還掛在西邊的天庭，燕軍的騎兵便一隊隊開上了戰場。

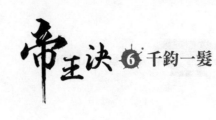

慕容恪、慕容垂、陽騖、皇甫真等人個個頂盔戴甲，全身披掛，騎馬登上了一個隆起的高地，神情嚴肅地向前瞭望。

淡淡的晨霧消散了，晉軍的軍陣在曙色中顯現出來。雖然斥候每天描述著晉軍構築營地的情景，慕容恪等人夜間也曾悄悄來到陣前觀察過，但今天看到的情景仍然叫他們大大地吃了一驚。

只見三四里外的開闊地上黑壓壓的一片，鋪天蓋地全是晉軍布下的軍陣，黃土地上被漫山遍野的橙色所覆蓋。

慕容恪與慕容垂等幾員大將率兩百精騎又前進了一二里地，仔細觀察晉軍的陣營，發現晉軍是排列得整整齊齊的一個個方陣。方陣四邊堅實，正面陣地、左右兩翼都以三排背向的騎兵組成屏障，像一道寬寬的柵欄。

陣內旗幡招展，矛戈成林，虛虛實實，看不清究竟，但見有一架架三丈來高的望樓車豎立在各個方陣中央。慕容恪知道，這種望樓車是用來瞭望觀察敵情的。

「看來，桓溫不愧是晉朝的名將，晉軍也真是能征慣戰的銳士，陣地佈置得十分嚴整，陣內十餘萬人馬屏氣斂息，一片死寂，內蘊一股逼人的殺氣。」慕容恪看完晉軍的陣形後，不禁誇讚道。

慕容恪是第三次和桓溫所率領的晉軍正面交戰，第一次在淮泗，第二次在關中，第三次在這片廣袤的中原大地上。每一次見到桓溫的軍隊，都讓他對桓溫又多了一絲的佩服。

「四哥，晉軍聲勢浩大，較之兩年前在關中的一戰，無論是兵甲上還是人數上，都增加了不少，看來這次是場不折不扣的決戰。」慕容垂看了以後，緩緩說道。

「不錯，所以此戰必須勝，不許敗。」慕容恪堅定地道。

請續看《帝王決》7 決戰前後

帝王決 6 千鈞一髮

作者：水鵬程
發行人：陳曉林
出版所：風雲時代出版股份有限公司
地址：10576台北市民生東路五段178號7樓之3
電話：(02) 2756-0949
傳真：(02) 2765-3799
執行主編：朱墨菲
美術設計：許惠芳
行銷企劃：邱琮傑、張慧卿、林安莉
業務總監：張瑋鳳

初版日期：2017年10月
初版二刷：2017年10月20日
版權授權：蔡雷平
ISBN ：978-986-352-505-9
風雲書網：http://www.eastbooks.com.tw
官方部落格：http://eastbooks.pixnet.net/blog
Facebook：http://www.facebook.com/h7560949
E-mail：h7560949@ms15.hinet.net
劃撥帳號：12043291
戶名：風雲時代出版股份有限公司

風雲發行所：33373桃園市龜山區公西村2鄰復興街304巷96號
電話：(03) 318-1378
傳真：(03) 318-1378
法律顧問：永然法律事務所 李永然律師
北辰著作權事務所 蕭雄淋律師

行政院新聞局局版台業字第3595號 營利事業統一編號22759935
©2017 by Storm & Stress Publishing Co.Printed in Taiwan
◎ 如有缺頁或裝訂錯誤，請退回本社更換

定價：280元　特惠價：199 元
版權所有　翻印必究

國家圖書館出版品預行編目資料

帝王決／水鵬程 著. -- 初版. -- 臺北市：
風雲時代，2017.07-　冊；公分

ISBN 978-986-352-505-9（第6冊；平裝）

857.7　　106009964

風雲時代 風雲時代 風雲時代 風雲時代 風雲時代 風雲時代 風雲時代